KB114152

천 번의 환생 끝에 B

요람 장편 소설

초판 1쇄 찍은 날 § 2018년 2월 13일
초판 1쇄 펴낸 날 § 2018년 2월 20일

지은이 § 요람
펴낸이 § 서경석

총괄팀장 § 최하나
편집책임 § 김슬기

펴낸곳 § 도서출판 청어람
등록번호 § 제387-1999-000006호
등록일자 § 1999. 5. 31
어람번호 § 제1-2851호

주소 § 경기도 부천시 원미구 부일로 483번길 40 서경B/D 3F (우) 14640
전화 § 032-656-4452 팩스 § 032-656-4453
http://www.chungeoram.com
E-mail § chungeorambook@daum.net

ISBN 979-11-04-91649-6 04810
ISBN 979-11-04-91433-1 (세트)

요람 장편소설

FUSION

FANTASTIC

STORY

8

천 번의
환생 끝에

도서출판 청어람

Contents

chapter55
일상으로

—속보입니다. 오늘 부산 근교 밀레니엄 펜션에서 총격전이 벌어졌다는 소식입니다. 근방 시민들에 의하면 승합차 두 대에서 위장복을 입은 타격대가 펜션을 습격, 약 5분간의 교전 끝에 안에서 신원 미상의 일곱 명을 끌고 나왔고, 그중 한국인 둘이 포함되어 있는 걸로······.

　띠잉.

　지영은 짜증이 나 다른 곳으로 채널을 돌려 버렸다.

　김지혜와 김은채, 그리고 정순철까지 도착한 후, 한 시간 만에 나온 속보였다. 공중파는 물론, 종편 방송사들이 일제히

달라붙어 밀레니엄 펜션 총격전을 속보로 내보내고 있었다.

시꺼먼 승합차가 두 대. 그리고 그 안에서 나온 대테러 팀인지, 아니면 정보 요원인지 모를 미군 소속 병력이 총 열둘.

작전은 곧바로 실행됐고 진압은 매우 빠르게 끝났다. 그리고 그들은 곧바로 타고 온 승합차에 히트 맨 팀을 태워 사라졌다. 그리고 그 승합차 두 대가 부산항의 미 함대로 복귀했다는 사실까지 드러나면서 미군의 작전일 가능성이 매우 높다는 의견까지 나오고 있었다.

"후우……."

한숨이 나왔다.

지영의 한숨을 들은 정순철이 자존심이 완전히 뭉개진 얼굴로 천천히 입을 열었다.

"곧 미국 측의 작전에 대해 강력한 항의가 있을 예정입니다."

피식.

강력한 항의?

그런다고 미국이 눈 한번 깜빡할까?

픽이나…….

그 깡패들이 그런 걸 신경 쓸 것 같았으면 이런 작전을 펼치지도 않았다. 아니, 최소한 작전 전에 언질 정도는 줬을 것이다. 그런데 그냥 진행했다는 것은 한국이 뭐라고 개지랄을 떨든 말든 상관없다는 뜻이었다.

지영은 골이 지끈거리는 걸 느꼈다.

그리고 달달한 차를 마시고 있는데도 입맛이 더럽게 썼다.

지금 지영의 심정을 한마디로 표현하자면… 딱 이거다.

장난감을 빼앗긴 어린아이.

그래서 심통이 제대로 난 정도가 아니라 확실한 악의(惡意)가 올라오는 상태였다. 그러나 그걸 겉으로 표출하지는 않았다. 앞에 은재가 앉아 있었기 때문이다.

"퇴원하고 얼마나 됐다고 기분이 이렇게 처참하게 박살 나냐? 너도 참 나긴 난 놈이야. 그치?"

그때 김은채의 말이 훅! 귓속으로 달려들어 왔고 지영은 그냥 쓴웃음을 지었다. 애초에 저 여자는 저런 성격인 걸 아니 굳이 따로 답변도 안 해줬다. 정순철은 그런 김은채를 힐끔 보고는 지잉, 지잉 울리는 전화를 받으며 밖으로 나갔다.

"지영아."

"응?"

"너, 혼자 가려고 했어?"

"……"

은재의 정곡을 찌르는 질문에 지영은 일순간 대답을 하지 못했다. 그녀는 지영을 제법 잘 아는 정도가 아니라 아주 잘 안다. 사람을 파악하는 건 지영도 상당하지만 은재도 상당한 수준이었다.

"그냥 잘됐다고 생각하자. 난 네가 안 다쳐서 좋기도 해."

"그래, 그렇게 생각할게."

일단 지영은 그렇게 대답했다.

하지만 그런 지영의 대답에 김은채가 또 끼어들었다.

"얼씨구, 은재한테는 아주 순한 양이 따로 없네? 나한테는 나가, 꺼져, 닥쳐, 별말 다 하더니?"

"넌 좀……."

훅 올라오는 짜증을 뱉어낼 뻔했지만 이번에도 필사의 인내로 참아냈다.

"언니, 지영이 그만 괴롭혀. 아니, 적어도 내 앞에서는 하지 마."

"야. 너, 너도 마찬가지야. 치사하게 꼭 그럴 때만 언니라고 하지? 너도 평소에는 나한테 야, 김은채, 은채야, 이러면서!"

떼쓰는 어린아이 같은 김은채의 말에 지영은 이번엔 그냥 진심으로 피식 실소를 흘렸다. 분위기 파악을 못 하는 애는 아닌데, 이러는 이유가 갑자기 궁금해지긴 했다.

"후, 어쨌든 골치 아픈 상황은 해결됐고. 강지영 넌 나랑 딜 한 거 잊지 마라?"

썩을…….

밀레니엄 펜션을 알려준 대가로 지영은 김은채가 제의한 무료 의료 서비스 광고를 찍어주기로 했다. 그런데 미국이 선수 쳐 놈들을 데리고 가는 바람에 대가로 받은 게 흐지부지 정도가 아닌 그냥 휴지 조각이 되어버렸다. 그런데 이미 딜은 했네? 빼도 박도 못하게 찍어야 할 판이었다.

찌릿.

김은채가 지영이 한숨을 내쉬자 바로 눈을 가늘게 좁히고 노려봤다.

"설마 이제 와서 안 한다고 하는 건 아니지? 야, 내 데뷔전이라고! 니 여친! 의 언니! 인! 내 데뷔전!"

"알아."

왜일까?

김은채는 분명 사회복지에 도움이 되는 서비스 시스템으로 확실한 인지도 상승과 화려한 데뷔전을 치를 생각이었다. 하지만 그게 의도가 어떻든 분명 도움을 받는 사람이 나올 것이다. 김은채의 성격상 대충 하지는 않을 거고, 엄청난 자금을 쏟아부을 게 분명했다. 질 높은 의료 서비스는 병원에 다니기 힘든 이들에게 확실한 도움이 될 것이다.

지영이 생각하기에 그리 나쁜 게 아니었다.

하지만…….

김은채가 기획해서 그런 걸까?

이상하게도 꺼려졌다.

"설마 구두 약속이라고 깰 생각이라면……."

"해, 한다. 해."

"흥, 그래야지. 은재야, 배고프다."

밥 먹을래? 하고 묻는 은재의 말에 시계를 보니 12시가 다 되어가고 있었다. 퇴원하는 날이라 아침도 거른 상태였기에 지영도 배가 조금 허기졌다. 유선정이 나와 식사를 준비하기 시작했고, 은재는 은채와 함께 뭔 할 말이 있는지 방으로 쏙 들어갔다.

"잠깐 밖에 나가서 얘기 좀 하죠?"

"네."

지영은 김지혜와 함께 밖으로 나갔다. 집 뒤편의 벤치에 앉은 지영은 담배를 꺼내 물었다.

치익.

답답한 속을 달랠 줄 무언가가 지금은 담배밖에 없었다.

"후우……."

지영은 흩어지는 연기처럼 이대로 포기해야 하나 하는 생각이 들었다. 의지는 정말로 확고했었다. 가마니가 되지 않기 위해 이틀 정도 집에서 쉬다가 새벽에 들이닥칠 생각이었다. 그런데 그게… 엄한 놈들이 나서는 바람에 물거품이 되어버렸다.

"이러면 내 화는 누가 풀어주냐고……."

뺨은 내가 맞았는데 왜 니들이 나선 거냐고 지영은 찾아가서 따지고 싶어질 정도였다. 하지만 이미 미7함대인가 뭔가 하는 놈들이 인수해 갔으니, 곧 미국으로 데리고 사라질 게 분명했다.

"죄송합니다."

"후우, 지혜 씨가 죄송할 게 뭐 있나요. 애초에 감시만 부탁한 건데."

"……."

지영은 자신이 감시할 수 없어서 김지혜에게 그들의 감시를 부탁했다. 정보의 출처를 궁금해한 그녀지만 그냥 조용히 넘어가서 지영을 흡족하게 만들어주기도 했었다. 하지만 말짱 도루묵이 됐다.

"미국 쪽에 연줄은 없죠?"

"네. 해외 파트는 전부 떨어져 나가서……."

썩을… 진짜 썩을이다.

지영은 깨달았다.

이제 포기해야 한다는 것을.

미7함대로 쳐들어가 놈들을 쳐 죽일 게 아니라면, 지금 지영이 할 수 있는 건 정말 아무것도 없었다.

일개 개인이 아무리 환생을 거쳤다고 하지만 미국이라는 거대한 세력과 맞붙는 건 자살행위도 같았다. 애초에 그나마 동맹국이고 이재성 대통령이 워낙에 강단이 있어 망정이지 아니었다면 지영은 벌써 미국에 끌려가고도 남았을 것이다. 그때, 문득 지영은 미국이라는 나라의 힘에 대해 생각하다 다른 게 떠올랐다.

'잠깐, 이 정도 정보력이면… 음, 알고 있다고 봐야겠네.'

지영의 숨겨진 과거사 말이다.

시리아에서 활동한 모습이야 쉽게 찾기 힘들겠지만, 유럽이나 미국까지 들락날락한 것쯤은 아마 미국에서도 파악했지 않을까 싶었다. 위조 여권을 사용했고 변장도 했지만 그 정도쯤은 아마 CIA나 DIA에서 충분히 찾아냈을 것 같았다.

그럼 다른 나라는?

'마찬가지겠지……'

정보 세계에서는 급이 떨어진다는 한국의 회사도 붉은 눈의 사신까지 따라잡았는데 말이다.

"후우."

담배를 끈 지영은 자리에서 일어났다.

"이제 다시 배우로 돌아갈 때네요."

"언제는 배우 아니었나요?"

"잠깐 탈선 좀 하려고 했는데 안 도와줬잖아요?"

피식, 실소를 흘린 지영은 생각해 보니 그건 또 그러네, 라고 수긍하고 말았다. 어차피 이번 인생은 혼돈의 카오스인 모양이다.

첩보물로 들어가더니 다시 배우물로 돌아왔다.

'아니지. 지금은 일상물인가?'

이제 영화가 개봉하기 전까진 그리 할 일이 없었다. 다시 몸을 만들고 평범한 일상을 영위하는 게 아마 전부일 거란 생각이 들었다.

안으로 들어가자 매콤달콤한 냄새가 코끝으로 훅 들어왔다.

제육볶음.

지영이 가장 좋아하는 음식 중 하나였다.

딸랑.

그때 현관문이 열리면서 임미정이 들어왔다.

"아들!"

"어쩐 일이세요?"

"아들이 퇴원했다는데 얼른 와야지. 큼큼, 점심 준비하는구나? 엄마가 얼른 해서 내올게."

그러더니 지영을 한번 안아 토닥이고는 주방으로 사라지는 임미정을 보며 지영은 다시 한번 일상물의 위대함을 깨우쳤다. 마음이 아주 따스해지는 기분. 가족의 정이란 날이 섰던 지영조차 진정시키게 만드는 힘이 있었다.

"집에 오니까 좋지?"

은재가 마치 자신의 집인 것처럼 으스대서 지영은 또 피식 웃고 말았다. 은재 옆의 소파에 앉았을 때였다.

─속보입니다. 시리아 내 IS의 반군 기지 네 곳을 미군이 동시 폭격했다는 소식이 현지 특파원을 통해…….

띠링.

은재는 얼른 화면을 돌렸다.

하지만 지영은 그 속보를 보고도 그리 크게 감정적으로 문제는 없었다. 어차피 이제는 신경 쓰지 않기로 한 사안이었기 때문이다.

미군이 폭격을 하든 말든, 그건 그놈들 일이라고 딱 정해놨다.

"자, 다 됐다. 아들, 밥 먹어! 은재야!"

유선정이 거의 끝내놓은 바람에 점심은 금방 완성이 됐다. 그래서 소파에 앉은 지 몇 분도 지나지 않았는데 자리에서 일어난 지영은 바로 주방으로 향했다.

"오늘은 아버지도 일찍 오실 거야. 우리 저녁은 뭐 먹을까?"

"어머니! 저 오늘 인세 들어왔어요. 고기 파티 해요, 고기 파티! 제가 한우 쏠게요!"

은재의 발랄한 말에 임미정은 그럴까? 라고 대답하면서 푸근하게 웃었다. 점심을 먹고 차를 한 잔 얻어 마신 김은재가 나중에 따로 제안서를 보낸다고 한 뒤에 갔고, 임미정과 은재는 신나게 수다를 떨기 시작했다. 그 틈에는 김지혜도 있었다. 졸음이 조금 몰려오는지라 지영은 방으로 들어왔다.

하나도 변한 게 없는 방이었다.

지잉, 지잉, 지잉.

침대에 눕기 무섭게 울리는 폰을 들어보니 반가운 이름이 떠 있었다.

송지원이었다.

"네, 강지영입니다."

─난 거 알면서 인사 그렇게 딱딱하게 할래?

"넘어가요, 넘어가. 오랜만이네요?"

─응, 이제 촬영 끝나고 한국 가는 비행기 탔어. 아, 죽겠다…….

송지원은 미블의 신작에 합류해 영화를 찍었다. 당연히 캐릭터는 구미호였다. 동양권 배우는 신을 짜게 준다는 말 때문에 망설였지만, 그래도 주연급의 분량을 챙겨준다고 해서 지영이 '테러리스트'를 찍을 때쯤 그녀도 미국으로 넘어가 있던 상태였다.

"오, 수고했어요."

─너는 그동안 참 탈도 많았더라? 에휴, 이 누나가 얼른 가서 보호해 줄게.

"누가 누굴 보호해요? 하하."

─꼬맹이가! 아, 비행기 이륙한다. 한국 가서 전화할게. 하루 쉬고 집으로 갈 테니까 기다려!

"네, 알았어요."

뚝! 전화가 끊기자 지영은 피식 웃었다.

송지원이 오면 요즘 한국 드라마에서 주연으로 활동 중인 칸나도 당연히 오게 된다. 안 그래도 여자가 가득한 집인데 그 둘까지 오면… 아주 시끌벅적하겠다는 생각이 들었다. 폰을 놓고 멍하니 천장을 보던 지영은 익숙한 안락함이 주는 마력을 이겨내지 못하고 스르륵 잠에 빠져들었다.

시간이 주는 가장 강력한 무기 중에 하나가 바로 망각(忘却)이다. 그것도 강제적인 게 아닌 아주 자연스러운 망각을 시간은 인간에게 선사했다. 지영의 일은 한 달 정도가 지나자 자연스럽게 기억 한편에 묻어졌다.

누가 강제로 시킨 것도 아니었는데도 일상을 영위하던 이들은 자연스럽게 지영의 일을 머릿속에서 지워갔다.

그 과정은 참 재미있었다.

중간에 미국이 IS의 기지를 무려 7곳이나 타격했는데도, 그 타격이 가진 군사적 메시지가 분명하게 있었는데도 마치 남 일이라는 것처럼 신경을 끄고는 일상으로 돌아갔다. 이는 대한민국 언론의 '합의'가 있었지만 그걸 심도 있게 고민한 사람은 별로 없었다. 물론 한국만 그럴 뿐, 다른 국가들은 아니었다.

미국은 유례없이 타격 장면을 드론으로 촬영, 일부 영상을 직접 공개했기 때문이다. 좀 잔인한 장면도 있었기 때문에 충분히 이슈가 될 만한 데도 한국에서는 그러한 일이 일어나지 않았다.

마치 약속이라도 한 것처럼 한국의 언론은 이런 미국의 일을 최소한만 내보냈다. 안 그래도 몇 달간이나 지영의 일로 너무나 떠들썩했기 때문에 가장 큰 언론사 중 하나인 대성 쪽에서 다른 곳을 회유, 최대한 간추린 기사들만 네티즌에게 보도했다.

효과는 말했듯이 아주 굿이었다.

강지영이란 배우에 대한 것들이 그렇게 가라앉으면서, 아주 자연스럽게 오성과 대성의 언론전도 끝을 고했다.

분위기적으로 오성에서 느낀 것이다.

테러를 당했을 때, 더 이상 지영을 자극해선 안 된다는 것을.

저격까지 당한 마당인데 지영을 물어뜯었다간 돌이킬 수 없는 강을 건널지도 모른다는 불안감이 이미 조성되어 있던 탓이었다. 그래서 지영의 테러로 온 나라가 시끄러운 동안 멈췄더니 이게 미국이 나서서 히트 맨 팀을 처리하고 나자 분위기가 풀렸는데도 다시 시작하기에 너무 애매해져 버렸다.

그렇게 지영에 대한 오성의 언론은 침묵을 가졌고 덩달아 은재에 대한 공격도 멈췄다.

대성과는 이미 척을 질 만큼 진 상태라 어쩔 수 없이 간간이 잽을 날리고 있긴 했지만 전처럼 오물 가득한 진창 싸움은 벌어지지 않았다.

세상은 빠르게 변한다더니 이게 딱 지영이 퇴원하고 한 달 만에 일어난 일이었다. 이 한 달 만에 항상 검색어 랭크 상위에 있던 지영의 이름은 이제는 몇십 위권 밖으로 물러나 버렸다.

언론이란 게 이렇다.

사람을 날뛰게도 만들지만, 사람을 진정시키게 하는 힘.

그게 언론이 가진 힘이었다.

그래서 덕분에 지영은 아주 편안하게 일상을 영위하고 있었다. 영화 촬영도 이미 끝났고 편집 과정을 거치고 있는 '테러리스트'는 아직 한 달 정도 시간이 더 필요하다는 연락도 류승현 감독에게 받았다. 옛날, 한 번의 실수로 그는 편집 과정에 엄청난 시간을 할애했다. 완벽한 작품을 위한 선택이니 그쪽은 아직 더 시간이 있어야 한다.

그래서 지영은 지금 공식적인 스케줄이 하나도 없었다. 분기별로 찍는 은정백화점 CF도 모처에서 조용히 촬영을 끝내자 숫제 백수와 다를 바 없는 하루하루가 이어졌다.

그렇다고 마냥 조용하게 생활을 즐기는 건 아니었다.

아예 지영의 집 근처로 이사를 온 송지원과 그 집에 눌러 앉은 칸나 때문이었다. 둘은 시간만 나면 지영의 집에 찾아왔 다. 그리고 은재와 시간 가는 줄 모르게 신나게 수다를 떨었 다. 애써 사무실을 장만했지만 아직 지영은 밖으로 나돌아 다 니지 않았다. 지영이 사무실로 가는 순간 회사원들이 고달파 지기 때문이었다.

국가의 녹봉을 받는 회사원들은 끊임없이 괜찮다고 하지만 지영이 불편했다. 나갈 때마다 동선 확보하고, 저격 포인트 체 크, 확보하고, 아주 그냥 귀찮은 일들이 한두 개가 아니었다. 일이 있다면 어쩔 수 없지만, 이걸 나갈 때마다 해야 되는 상 황은 지영도 피곤하고, 회사원들도 피곤한 일이었다.

그래서 지영은 되도록 집에서 일을 봤다.

일이라고 해봐야 산더미처럼 쌓인 시나리오와 CF 제안서를 검토하는 게 전부였지만 그것만 해도 정말 엄청난 숫자였다. 일단 말도 안 되는 것들은 사무실에서 죄다 커트하고 보내는 데도 일주일에 열 박스 가까이를 매주 월요일마다 김지혜가 집으로 가져왔다.

옛날에도 그랬지만 지영은 이 시나리오와 제안서들을 보낸 사람들의 성의를 생각해 훑어보기는 하는 성격이었다.

근 한 달을 지영은 그렇게 보냈다.

따분할 수 있는 일상이지만 지영은 이런 일상을 참 좋아해, 아무런 불만이 없었다. 그 기간 동안 살랑거리던 봄기운은 전부 사라지고, 찌는 태양이 작열하는 시기가 왔다. 슬슬 삼겹살 가격이 올라가기 시작했고 SNS에 이른 캠핑과 휴가 사진이 속속 올라오기 시작했다. 바야흐로 여름의 시작인 것이다. 그렇게 한국의 분위기는 휴가, 물놀이, 여행에 맞춰지기 시작했다. 하지만 강지영이란 인간의 생활은 큰 변화가 없었다.

*　　　*　　　*

으아!

"놀러가고 싶다!"

오늘도 어김없이 집으로 찾아온 송지원이 거실에서 영화를 보다 말고 빽 소리를 질렀다.

"저도요!"

시청률 30%의 대박으로 얼마 전에 드라마를 끝낸 칸나가 옆에서 그런 송지원의 뜬금없는 땡깡에 맞장구를 쳤다.

이제는 거의 고용인처럼 집에서 생활하는 유선정이 그 둘의 행동에 픕, 하고 입을 가리며 웃고는 얼른 주방으로 움직였다.

"지영아! 야, 강지영!"

방에서 시나리오를 읽고 있던 지영은 또 시작이네, 또 시작이야… 속으로 생각하며 밖으로 나왔다.

"왜요?"

"여행 가자!"

"미쳤어요?"

"왜! 뭐가! 이게 왜 미친 건데!"

이제 40을 바라보는 송지원의 떼에 지영은 고개를 절레절레 저었다. 물론 그녀가 지루함에 몸서리치는 게 너무나 잘 보였지만 그래도 상황이란 게 있는 법이었다.

"지금 내 상황 몰라서 그래요?"

"알지! 근데 무인도로 슝! 갔다 오면 되잖아?"

피식.

무인도가 얼마나 위험한지 몰라서 할 수 있는 말이었다. 지영이 만약 틈을 노린다면 무인도만큼 좋은 곳도 없었다. 사람 없지, 조용하지, 그러니 마음껏 쓰고 싶은 것들 쓸 수 있지, 사람을 노리는 데는 최고인 게 아마 무인도일 것이다.

물론 그런다고 지영이 위험에 빠질 일은 없겠지만, 일행이 있다면 얘기가 달라진다. 지영은 이제 두 번 다시 자신의 사람을 잃는 게 싫었다.

"아서요. 정 휴가가 끌리면 둘이 갔다 와요."

"아… 재미없어. 고민하는 척이라도 해주면 안 되겠니?"

"고민할 건더기가 있어야 고민을 하죠."

지영의 냉정한 말에 송지원은 칫, 소리 나게 혀를 차곤 다시 텔레비전으로 시선을 돌렸다. 칸나도 그런 송지원의 행동에 동조하듯 고개를 픽 돌렸다.

하아.

여복(女福)이 아니라, 여난(女難)이다.

특히 송지원은 심하게 마이페이스라 가끔가다 벅찰 때가 있었다. 그나마 칸나는 좀 조용한 편이라 다행이지만, 그래봐야 송지원 때문에 칸나가 조용해도 별 의미가 없었다.

"심심하면 작품이라도 하나 찍지 그래요?"

"야, 나 할리우드 갔다 온 지 이제 겨우 한 달이거든?"

"왜요, 심심하면 일하는 게 최고 아닌가?"

"아, 올해는 안 찍을 거야. 너무 자주 찍으면 익숙해져서 더 안 좋기도 하고. 한 일 년은 쉬어야지."

"그럼 저한테 뭐, 어쩌라고요? 집에서 운동이라도 하시든가……"

"혼자는 심심하잖아?"

피식.

실소가 나오는 대답이었다.

"같이 있는데도 심심하다고 난리치고 있잖아요?"

"이건 난리는 아니지. 그냥 조르는 거지."

"……."

에휴, 뭔 말을 더 하겠나.

띵동.

한숨과 함께 돌아서려는 지영의 발목을 이번엔 요즘 아주 전세 낸 것처럼 이 집에 들락거리는 김은채가 잡았다.

"누구? 은채?"

"네."

문을 열어주고 좀 기다리자 아주 편하게 안으로 들어선 김은채가 지영을 보곤 휙! 서류 봉투 하나를 던졌다.

"아, 덥다!"

구두를 벗고 안으로 들어온 김은채는 손으로 조심성 없게 블라우스를 펄럭이곤 소파에 철퍼덕 앉았다.

"이건 뭐냐?"

"정식 계약서."

"흠……."

병원을 통해 재계 데뷔를 하는 김은채가 드디어 정식 계약서를 들고 찾아왔다. 지영은 일단 계약서를 확인했다. 독소 조항은 없는 심플한 계약서였다.

"일 년 분기 촬영이라……."

"너한테는 딱이지?"

"뭐, 나쁘지는 않네."

공익성이 짙은 CF가 될 예정이라 지영이 받는 금액은 별로 크지 않았다. 지금 지영이 보는 제안서에 단발성으로 10억을 제시한 곳도 있을 정도인데 공짜면 김은채는 정말로 땡 잡은 거다.

"정식 계약서를 가지고 온 걸 보니 통과했나 봐?"

"응, 아… 손해가 나도 내가 책임지겠다는데 뭔 말들이 그렇게 많은지. 죄다 모가지 쳐내든가 해야지, 아오."

김은채가 기획한 무료 의료 서비스는 당연히 시작부터 암초를 만났다. 효과는 괜찮겠지만 금전적으로 엄청난 부담이 될 게 분명하다는 게 이유였다. 단순히 몇 억 정도가 아닌, 대한민국 전체를 케어 하려면 적어도 몇백억 대의 예산이 필요했다. 그럼 그 예산이 어디 하늘에서 뚝 떨어지나?

당연히 긁어모아야 했다.

이미지 쇄신에는 도움이 되겠지만 병원 재단 경영진의 입장에서는 컥! 소리가 날 정도로 감당이 안 되는 금액이었다. 김은채가 초기 투자 비용만 150억이라고 했을 때는 뒷목을 잡는 이들도 생겼을 정도였다.

그러니 당연히 안 된다고 반대를 하는 경영진들이 상당히 많았다. 하지만 이런 경우를 예상하고 있던 그녀였고, 씩 웃고는 히든카드, 강지영을 오픈했다. 의료 서비스 시스템의 메인 모델, 강지영.

이게 주는 파급력을 경영진들이 바보가 아닌 이상 모를 리가 없었다. 그들은 강지영이 메인 모델을 섰을 때를 계산해 보기 시작했고, 답은 금방 나왔다. 애초에 무료 의료 서비스 자체가 금전적 이득을 위한 기획이 아니었다.

오성과의 진흙탕 싸움에서 깎인 이미지를 회복하는 데 중점을 둔 기획이다. 당연히 마케팅 비용, 의료진 고용 비용, 약품, 의료 기기 비용 등으로 나가는 건 전부 차곡차곡 적자로 쌓일 것이다.

그랬기 때문에 반대를 했지만, 강지영이 나서는 순간부터는 완전히 뒤바뀌게 된다. 배우 한 명이 가지는 브랜드 파워라고 하기에도 심각하게 거대한 효과가 나올 게 예상됐기 때문이다. 게다가 강지영이 나서면 정부 보조금도 충분히 확보할 수 있을 것이다.

그들은 그래서 최소 연간 70억에서 100억 가까이 잡은 적자를 획기적으로 줄일 수 있다는 계산이 섰고, 만장일치로 김은채의 기획은 통과가 됐다.

세부적인 부분을 조율하는 데 시간이 꽤나 걸렸고, 드디어 큰 그림에 이어 세세한 밑그림까지 나왔기에 이 정식 계약서를 나온 것이다.

"시간 언제 돼? 가능하면 빨리 찍으면 좋은데."

"준비는 다 끝났고?"

"그거야 금방이지. 나 김은채야. 한다고 했으면 쥐어짜서라도 최대한 빨리 준비시킬 수 있어."

"자랑이다."

악덕 사장 같은 소리를 저렇게 태연하게 하니까 오히려 그런가 보다, 하는 생각이 들 정도였다. 유선정이 가져다준 물을 쭉 들이켠 김은채가 다시 말을 이었다.

"이대로 이미지가 굳어지기 전에 서비스를 시작해야 돼. 최소한 한 달 이내에는 모든 준비가 끝날 거야. 그러니까 너도 아마 이삼 주 안에는 찍을걸?"

"흠, 빠르네. 콘셉트는 정한 게 있어?"

"뭐, 천하의 강지영을 데려다가 찍는데 굳이 새로울 게 필요한가? 기본에 충실할 예정이야."

"기본이라……."

보통 공익광고에 가장 자주 등장하는 콘셉트는 정해져 있다.

바로.

"가족이나 연인?"

"응. 그게 최고지. 내 가족처럼 생각하고 책임지겠습니다! 이러면 얼마나 심금을 울리는 말이겠어? 그것도 천, 하, 의, 강지영이 해주는데."

피식.

김은채의 비꼼 아닌 비꼼에 지영은 그냥 웃고 말았다. 그런 지영을 향해 김은채는 씩 웃은 다음, 전혀 예상도 못 했던 말을 꺼냈다.

"그리고 은재도 같이 찍을 거야."

"……."

뭐?

은재를?

불쾌감이 담기기 시작한 지영의 시선이 김은채를 향해 팍! 꽂혔다.

지영의 시선을 받은 김은채의 눈빛에도 불쾌감이 밑 깨진 둑처럼 차오르기 시작했다.

"뭐, 왜."

"은재를 왜?"

"왜긴. 사람들에게 익숙하게 만들기 위해서지. 언제까지고 저렇게 살 순 없잖아? 죄지은 것도 아닌데."

"……."

그래, 그거야 그렇다만…….

은재는 지은 죄가 없었다.

그녀가 사생아로 태어난 게 어디 그녀의 잘못일까? 순전히 그녀의 아비, 김조양의 잘못이다. 그럼 그녀가 버려져 고아로 성장한 게 그녀의 잘못일까? 그것도 순전히 그녀의 어미의 잘못이다.

그녀를 둘러싸고 있는 그 어떤 것도 그녀가 잘못해서 두르고 있는 게 아니었다. 그런 그녀가 유일하게 잘못한 게 있다면 그 빛나는 미소와 바다처럼 넓은 마음으로 강지영이란 인간의 마음을 사로잡은 것 정도?

딱 그 정도였다.

두 사람이 무슨 원조 교제도 아니고, 손가락질 받을 정도로 나이 차이가 나는 것도 아니었다. 같은 나이, 다른 성별의 남과 여가 만나 사랑에 빠졌다. 지극히 당연한 일인 것이다. 그런데 그녀는 지금 어떤가.

죄인처럼 집에만 틀어박혀 있어야 했다. 밖으로 나가는 건 불편한 몸 때문이 아닌, 세인들의 시선 때문이었다.

"설마 은재를 평생 새장 속의 새처럼 데리고 있을 건 아니잖아?"

"……."

김은채가 툭 던진 말도, 솔직히 인정하기는 싫으나 완벽한 정답에 가까웠다. 범죄자라면 아지트에 처박혀서 꼼짝도 안 하는 게 맞다. 그러나 은재는 아니다. 그녀는 세상을 보고, 듣고, 느낄 권리가 넘치도록 있었다. 그러나 그걸 못 하는 건 역시나 시선에 박혀 있는 거부감이다. 그 인식이 은재를 삭제 밖으로 못 나가게 하고 있었다.

신경 안 쓴다고는 하지만, 아마 무의식에 깊숙이 박혀 있을 게 분명했다. 지영은 그러한 사실을 분명히 알고 있었다.

"그런 의미로 지금이 딱이지. 오성 그 잡새끼들도 더 이상 둘을 건드리지 못하는 지금이 말이야. 그리고 혹시 알아. 지금 이미지를 각인시켜 놓으면 나중에 오성에서 또 지랄 발광을 떨어도 은재를 편들어줄 사람이 훨씬 많을지?"

피식.

이번에도 정답이었다.

김은채가 은재를 대하는 마음이 진심이기 때문에 지영은 여기서 불쾌한 감정 따위 날려 버려야 한다는 걸 깨달았다. 하지만 묘하게 그게 잘 안 됐다. 그 이유도 지영은 바로 알아냈다.

'독점욕이라…….'

피식.

이런 감정 또한 오랜만이라 어쩐지 신선함이 느껴졌다.

"은재한테 말은 했어?"

"응, 며칠 전에 넌지시 물어봤는데, 아직 답은 못 들었어."

"그래도 고민은 한다는 소리네?"

"그럼, 은재도 이렇게 평생 있을 순 없다는 걸 알고 있으니까."

"흠……."

드르륵.

미닫이문이 열리며 시기 좋게 은채가 나왔다.

"내 이름이 들리는 것 같은… 어, 은채 왔네?"

"응, 그래. 오셨다. 근데 너도 은채나 언니나 하나로 좀 통일하지? 치사하게 뭐 부탁할 때만 언니, 언니 거리지 말고?"

김은채의 악의 없는 뾰족한 말에 은재는 은채에게 다가가 허리를 폭 안았다. 그러자 은채의 얼굴에 작게 미소가 생겼다.

"워, 저 독설녀도 동생이 안아주니까 웃네?"

송지원의 놀란 말에 지영은 피식 웃음을 흘렸다.

아닌 게 아니라, 요즘 김은채는 감정 표현에 정말 솔직해졌다. 특히 은재와 대화할 때는 저렇게 표정이 풍부해졌다.

"언니, 담배 냄새 나."

"이걸 확!"

"흐흐."

은재를 떼어낸 김은채가 주방에서 의자 하나를 꺼내 와 앉고는, 어느새 지영의 옆으로 이동한 은재를 보며 물었다.

"저번에 말했던 거, 생각해 봤어?"

"뭐? 광고?"

"응."

"흐음……."

은재는 아직 결정을 내리진 못했는지 고민하다가, 지영을 바라봤다.

"너 생각은 어때?"

"내 생각?"

"응, 내가 카메라 앞에 서도 괜찮을까?"

"흠, 예전에 나한테 했던 말 기억나? 나만큼 유명해지겠다던 말."

"응, 기억나."

"그 시작은 이미 솔로 했지만, 저렇게 카메라 앞에서 데뷔하는 것도 나쁘지 않을 것 같은데?"

"그래? 음, 알겠어. 그럼."

은재는 고민을 끝냈는지 다시 김은채를 바라봤다.

"언니, 할게."

"뭐야, 내 말에는 고민하더니 쟤가 몇 마디 하니까 바로 오케이하네? 이걸 확 그냥!"

"흐흐, 넘어가, 넘어가."

"으휴."

배다른 자매지만 이제는 어느 친남매 부럽지 않은 사이를 대놓고 자랑하는 두 사람이었다. 김은채는 볼일이 끝났는지 바로 자리에서 일어났다.

"벌써 가게?"

"이 언니는 바쁜 몸이시란다. 오늘도 겨우 시간 내서 온 거야."

"고마워. 직접 와줘서."

"별말을. 갈게. 몸조리 잘하고, 글 잘 쓰고."

"응! 흐흐."

김은채는 일어나면서 지영을 향해 턱짓으로 슥, 신호를 보냈다. 딱 봐도 따라 나오라는 신호였다. 별로 나가고 싶진 않았지만 은재에 대한 얘깃거리가 있을까 봐 지영은 한숨과 함께 자리에서 일어났다.

"잠깐 나갔다 올게."

"응. 나도 글마저 쓸 거야. 이따 저녁에 봐!"

"그래. 글 잘 쓰고."

"예쓰! 흐흐."

일상이다.

은재의 미소에 지영은 이 소중한 일상이 되도록 오래오래 가기를 순간적으로 빌고 말았다. 물론, 힘들다는 걸 알고 있기는 했다. 밖으로 나가자 김은채가 항상 담배를 피우던 곳에서 손가락으로 까닥까닥거리고 있었다.

"하아……."

행동 하나하나에 이렇게 사람을 자극하는 건 정말로 김은채가 최고라는 생각을 다시 한번 하면서, 걸음을 옮기는 지영이었다.

"왜? 할 말 끝난 거 아니냐?"

"담배나 피우자고."

"……."

허허.

허탈한 웃음이 안 나올 수가 없는 대답이었다. 그러나 너무나 당당한 표정에 그냥 지영은 쓴 미소를 지은 채 담배를 입에 물었다. 담배는 끊고 싶다. 그러나 여전히 쉽지 않았다. 대신 횟수를 많이 줄이기는 했다.

이것도 전부 은재에게 혼나가며 겨우 줄인 지영이었다.

"요즘 너무 조용해서 좀 신경 쓰여."

"흠."

그래, 안 그래도 너무 조용하긴 했다.

지영의 테러로 상황이 완전히 뒤집히면서 대성에 대한 언론 공격까지 주춤하게 되어버렸다. 물론 그 물밑에서는 기업 간 전쟁이 벌어지고 있었지만 대성은 훌륭히 방어에 성공했다. 주식을 포함해 단 하나의 계열사도 빼앗기지 않았으니까 말이다. 오성의 저력이 아무리 대단해도, 김조양이란 걸출한 여제가 버티고 있으니 게임은 아주 팽팽했다.

게다가 곧 주총이 열릴 거고, 김조양이 축출당할 거란 얘기를 김은채는 넌지시 알렸던 적이 있었다.

곧 여제의 시대가 열릴 거란 소리다.

'그 말은 곧 김은채 저년의 시대도 열린다는 뜻이겠지.'

이상하게 뭔가 못마땅한 건 역시 아직 둘 사이가 그리 좋지 않아서일 것이다.

"맞다. 고모가 보재. 시간 좀 내."

"고모? 여제?"

"우리 고모 그 별명 싫어한다? 여자여자한 분이시거든."

피식.

어디 개도 안 믿을 소리를…….

인사 과정을 보면 유비나 조조 뺨치게 단행하는 양반을 여자여자하다고 하면 누가 믿겠나? 사진만 봐도 포스가 철철 흘러넘치는데 말이다.

"어쨌든 시간 좀 내."

"용건은?"

"당연히 은재지."

"그럼 은재한테 얘기하지 그랬냐?"

"아직은 거부감이 있을 것 같아서 그래. 네가 대신 얘기 좀 해줘."

확실히 김은채가 직접 얘기하는 것보단 지영이 말하는 게 효과가 좋긴 할 것이다.

"나까지 같이 보는 거냐?"

"응, 조카딸의 남자도 보고 싶다 하셨으니까."

피식.

지영은 그리 내키지 않았다. 하지만 저건, 가족 간의 얘기가 될 가능성이 컸다. 김조선이 은재를 조카로 생각하는지 아닌지에 대한 것은 김은채가 몇 번이나 의심하지 말라고 말해줬기 때문에 안심이 되지만, 은재에게 부담스러운 말을 할 것 같아서 내키지가 않았다. 하지만 모든 건 은재가 결정해야 될 문제임을 지영은 알고 있었다.

"말은 해볼게. 하지만 안 본다고 하면 나도 더는 설득 안 해. 솔직히 나는 그 집안이랑 은재가 엮이는 건 별로거든."

"나도?"

"너는 이미 엮여 있고. 앞으로 말이다, 앞으로."

피식. 피식.

동시에 웃은 둘은 담배를 마저 피우고 껐다.

"언제까지 알려주면 되냐?"

"오늘이 화요일이니까, 가능하면 이번 주 내로 봤으면 좋겠어. 다음 주부터는 나도, 고모도 엄청 바빠지거든. 스케줄 꽉 찼어."

"일단 알았어. 오늘 저녁에 물어보고 연락 줄게."

"그래, 부탁해."

"부탁은, 명령이지, 이게."

"대충 넘어가. 남자가 쪼잔하게."

"가라."

손을 휘휘 저은 지영을 김은채가 뒤에서 이거나 처먹어라! 하면서 자극했지만 그냥 무시하고 집 안으로 들어왔다. 송지원과 칸나는 각자 소파 하나씩을 차지하고 퍼드러지게 자고 있었다. 방으로 들어가려는데 은재가 마침 딱 방에서 나왔다.

"오늘은 글 안 써진다. 여기까지 쓸래."

"그래. 그럼 얘기나 할까?"

"응, 흐흐."

둘은 자는 두 사람이 깨지 않도록 조용히 지영의 방으로 들어왔다.

"은채가 왜 불렀어?"

"여제가 널 보고 싶은가 봐. 그 말 좀 전해달래."

지영은 그냥 바로 본론을 꺼냈다. 뭐, 그리 심각한 얘기도 아니니 빙빙 돌릴 이유가 없었기 때문이다.

"여제? 김조선인가, 하는 그분?"

"응. 너한테도 고모가 되는 분."

"흠… 날 왜?"

"몰라. 그냥 보고 싶다는 말만 하고 가던데? 언제? 만날래?"

"음……."

은재는 이번엔 진지하게 고민에 빠졌다.

그쪽과 연은 분명히 닿아 있다. 아니, 연이 아니라 아예 피를 나누고 있었다. 지금은 어느 정도 진정이 됐으나 은재가 세상을 살면서 안 부딪칠 수가 없는 그런 상황이었다. 그래서 이번엔 지영에게 의견을 묻지 않고, 혼자서 진지하게 고민을 하고 있었다. 잠시의 고민 끝에 은재는 결정을 내렸다.

"볼게."

"진짜?"

"응. 언제든 한번 봐야 하는 사람이잖아? 그 사람은 싫은데, 그래도 고모라는 분은 한번 만나봐야 할 것 같았어."

"알았어. 은채한테 연락해 둘게."

"응. 근데 언제 봐?"

"다음 주부터 바쁘다고 네가 허락하면 이번 주에 보자던데?"

"음… 알겠어."

씩.

은재는 대답하곤 밝게 웃었다.

"그분 만날 때 옆에 있어줄 거지?"

"당연하지. 그리고 가능하면 우리 집에서 볼 거야. 그러니 걱정 마."

"응!"

지영은 은재의 밝은 대답에 기분 좋게 웃곤 폰을 꺼내 김은채한테 메시지를 보냈다. 그러자 곧바로 전화가 왔다.

"어."

―은재가 보겠대?

"응."

―오케이. 고모한테 물어보고 약속 잡아서 바로 알려줄게.

"응."

뚝.

딱 세 마디로 전화가 끊겼다.

그게 웃겼는지 은재가 배를 잡고 깔깔거리고 있었다.

이후 은재랑 얘기를 하고 있는데 김은채에게 바로 메시지가
왔다.

목요일 점심 3시쯤이었다.

장소를 정하라고 해서 지영은 자신의 집이 좋겠다고 바로
답장을 적어 보냈다. 그렇게 약속을 잡고, 둘은 얘기를 하며
하루를 보냈다.

목요일은 금방 왔다. 아침부터 유선정이 거의 대청소를 하
다시피 거실과 주방을 청소했고, 지영도 도왔다.

가능하면 밖에서 만나는 게 좋지만 아직 지영과 은재가 동
시에 움직이기엔 무리가 있었다. 새장에 갇힌 새의 신세처럼
느껴졌지만 지금 당장은 어쩔 수 없었다.

점심을 가볍게 토스트로 때우고 운동을 하고 나오자 시간
은 벌써 2시가 넘어가고 있었다. 담배를 하나 피운 지영은 바

로 샤워를 하고 나왔다. 적당히 청바지와 흰 셔츠를 입고 다시 거실로 나가니 자신처럼 적당히 차려입은 은재가 보였다.

"나 어때?"

"예뻐."

"호호."

별로 고민한 것 같은 기색은 아니었다.

시간을 확인하니 2시 50분이었다.

소파에 앉아 폰으로 메시지를 확인하고, 은재랑 이런저런 얘기를 하면서 10분을 마저 보냈다. 그리고 거짓말처럼 딱 3시 정각에 초인종이 울렸다.

chapter56
여제(女帝), 김조선

TV에서 보던 김조선과 실제 김조선은 차이는 거의 없었다. 하지만 TV에서는 표현되지 않는 한 가지가 있었다.

카리스마.

혹은 리더십.

수많은 사원을 이끄는 이들이 가지는 선천, 후천적인 기질을 카리스마나 리더십이라고 하는데, 실제 김조선의 모습은 그냥 바라만 봐도 카리스마나 리더십이 철철 넘쳐흘렀다. 몸에 딱 맞춘 감색 정장에 흰 블라우스를 입었고, 긴 생머리는 비단결처럼 살랑이고 있었다. 비서로 보이는 40대 사내와 함께 집 안으로 들어선 그녀는 일어나 있는 강상만과 임미정에게 고개를 숙여 인사를 했다.

그 인사에는 기품이 있었다.

굽히지 않으면서도 예의를 차리는 당당함이 가득 느껴졌다.

지영의 그런 김조선에게서 옛 인연 중 한 명을 떠올렸다.

역사에는 이름을 올리지 않았지만, 여장부를 넘어 엄청난 사이즈의 대륙을 호령하는 황제의 뒤에 서 있던 친구였다.

"어서 오십시오. 강상만입니다."

"안녕하세요, 총장님. 만찬회 이후 오랜만에 뵙네요."

강상만의 인사를 김조선은 가볍게 받았다. 입가에 둥둥 떠다니는 미소는 상당한 호의를 품고 있었다.

"안사람 임미정이에요."

"김조선이에요, 변호사님."

"호호, 이제 변호사는 그만두었는걸요."

"그럼 이사장님이라고 불러 드려야 할까요? 햇빛 재단의 행보는 저도 감명 깊게 보고 있답니다."

"그게 어디 제 생각인가요? 제 아들이 아니었으면 그런 자리는 부담스러워서 거절했을 거예요."

임미정은 변호사를 그만두고 이제는 햇빛 재단 일에 올인하고 있었다. 재단은 지영이 설립했지만, 워낙에 다사다난한지라 이사장은 임미정이 맡아 하고 있었다. 둘의 인사가 끝나자 김조선의 시선이 스르륵, 지영에게 넘어왔다. 움직임 하나하나에 기품이 아주 제대로 서려 있었다. 느릿하면서도, 느리지 않은.

여유가 있으면서도 위엄도 서려 있는.

신기한 품위를 가진 김조선이었다.

하지만 지영은 그런 김조선에 눌리지 않았다. 눌리기엔 지영의 삶이, 존재 자체가 워낙에 특수했다.

"강지영입니다."

"천재 배우를 만나게 되어 영광이에요."

지영의 가벼운 인사에 그렇게 답하곤 다가와 손을 내미는 김조선. 강상만과 임미정에게도 뻗지 않은 손을 지영에게 뻗었다. 이런 사람들이 하는 행동 하나하나에는 모두 의미가 있는 법이다.

지영의 시선이 그녀의 뒤편에 서 있는 비서에게 순간적으로 향했다. 살짝 놀람을 담고 있는 비서의 얼굴을 보곤 지영은 이 악수 자체가 의미가 있다고 생각했다. 뻗어온 손을 마중 나가지 않는 것 자체가 예의가 아닌지라, 지영도 손을 천천히 뻗어 맞잡았다.

꾸욱.

상당한 압박감이 손 전체를 통해 느껴졌다.

보통은 살짝 대었다가 놓는데, 김조선은 지영의 손을 아주 꽉 잡았다. 그러곤 싱긋 웃는데 그 웃음의 의미가 바로 파악

되진 않았다.

그다음은 은재였다.

현관문이 열리며 김은채가 급한 기색으로 들어섰다. 은재에게 뭐라 입을 열려던 김조선이 들어선 김은채를 보곤, 엄한 목소리로 말했다.

"세 시라고 하지 않았니."

"죄송해요, 고모."

"……."

김은채가 곧바로 머리를 숙여 죄송하다고 하는 걸 지영은 신기한 눈으로 바라봤다.

'회사원들을 상대로도 막 나가는 김은채가 머리를 숙여?'

그건 딱 두 가지 중 하나다.

김조선을 마음속 깊이 따르든가, 아니면 그녀가 겁나게 무섭던가. 이 두 가지 이유를 빼곤 지금 김은채의 모습을 설명할 순 없을 것이다.

잠시 끊겼던 인사가 다시 이어졌다.

김조선은 은재에게 바로 인사를 건네지 않았다. 그런데 그건 은재도 마찬가지였다. 휠체어에 앉아 있기에 올려다봐야 하고, 반대로 김조선은 그런 은재를 내려다보는 모양새였다. 역시 유은재.

그녀의 표정은 담담했다.

일체의 감정도 담지 않은 눈빛으로 그저 담담하게, 유전학적 친부의 여동생을 올려다봤다. 근데 그건 김조선도 마찬가지였다. 은재와 아주 똑같은 눈빛으로 은재를 내려다보고 있었다. 워낙에 담담한 눈빛들이라 침묵이 감도는데도 특별한 분위기가 조성되진 않았다. 3분쯤 흘렀을까?

먼저 침묵을 깬 건 김조선이었다.

"반갑구나."

희미한 미소와 함께 나온 그 인사에 은재도 똑같이 희미한 미소를 지었다.

"안녕하세요, 유은잽니다."

"그래, 흠⋯⋯."

둘의 인사가 끝나자, 강상만이 나섰다.

"앉으시죠."

"네, 감사합니다."

강상만이 권한 자리에 김조선이 앉자, 지영을 포함한 가족들이 전부 자리에 앉았다.

"차를 내오겠습니다."

유선정이 바로 주방으로 움직였다. 이미 준비를 해놓았기 때문에 차를 내오는 데 걸린 시간은 극히 짧았다.

"고생 많아요, 유 비서."

"아닙니다, 회장님."

"앞으로도 잘 부탁할게요."

"네."

유선정이 조심스러운 걸음으로 물러가자, 분위기가 조금씩 무거워지기 시작했다. 이번에도 말문은 김조선이 먼저 열었다. 차를 한 모금 마시고 내려놓은 그녀가 강상만에게 살짝 고개를 숙이고는 입을 열었다.

"공사가 다망하신 총장님과 이사장님이신데 오늘 갑작스럽게 방문하게 되어 정말 죄송합니다."

"별말씀을 다 하십니다. 안 그래도 오늘은 간만에 시간이 넉넉하던 참이었습니다."

강상만의 대답에 임미정은 그저 고개만 끄덕이는 걸로 수긍했다. 두 사람의 대답에 김조선은 다시 한번 고개를 살짝 숙였다. 하지만 정말 조금이었고, 그 행동에 비굴함이나, 굽힘은 조금도 없었다.

오히려 오너, 리더의 위엄이 고스란히 느껴졌다.

'저러니 여제라는 별명이 붙었지.'

저건 하고 싶다고 해서 되는 게 아니었다. 천성적으로 타고난 기질에 후천적으로 사람을 지시하며 군림의 삶을 산 자에게만 붙는 기질이었다. 그 수많은 삶 중, 저런 기질을 가진 사람들은 모두 역사의 한 획을 그었었다.

그게 아니더라도 길이 이름을 남겼었다.

"이해 감사합니다. 오늘은 다름이 아니라… 저 아이를 만나 보러 왔습니다."

"우리 아이를요?"

우리 아이라는 임미정의 말에 김조선은 입가에 진한 미소를 그렸다. 우리 아이라는 호칭 때문인 것 같았다.

"네. 언제고 만나봤어야 했는데, 제가 괜히 움직여서 저 아이에게 피해를 입힐까, 여태껏 망설이고 있었습니다."

"이해합니다."

대성의 지저분한 승계 싸움이야 이제는 대한민국에 모르는 사람이 없었다. 근데 그게 김은채의 말을 들어보면 지영이 돌아오고 나서부터 터진 게 아니라, 이미 그 이전부터 시작됐었다고 했다.

그러니 충분히 부담스러웠을 것이다.

은재를 만나게 되면 필연적으로 은재의 정체가 노출될 테니 말이다. 뭐, 지금은 다 밝혀졌지만 당시에는 분명히 조심했어야 됐을 것이다. 자신 본인과 은재를 위해서 말이다.

"이제는 상황이 얼추 정리가 끝나갑니다. 그러니 저 아이와 만나 대화를 나눠볼 때가 됐다고 생각했습니다. 이해 부탁드릴게요."

"……."

김조선의 담담한 말에 강상만은 그저 고개만 끄덕여 수긍

의사를 표했다. 그러자 싱긋 웃은 김조선의 시선이 천천히 은재에게 향했다.

"잘 지냈니?"

친 고모.

혈족이다.

"네. 덕분에 잘 지내고 있었습니다. 은채 언니를 통해 도와주신 점, 정말 감사하게 생각합니다."

유은재답지 않게 딱딱한 대답이었다.

지영은 힐끔 그녀를 바라봤다. 그리 긴장한 기색은 아니었다.

다만.

'거리를 두려는 거구나.'

은재는 김은채를 만나는 것에 대한 부담감은 가지지 않았다. 이미 둘은 서로를 자매라 인식하고 있었기 때문이다. 하지만 김조선은 달랐다. 아버지의 여동생. 태어나서 딱 한 번 본 김조양이란 인간과 한배에서 태어난 사람.

지영은 그게 이유일 거라 생각했다.

"책도 잘 봤다. 제법이더구나."

"감사합니다."

"내 조카라서가 아니라, 너는 정말 재능이 있다. 매니지먼트 사업부에 이차 창작에 대한 검토를 시켜놓았다. 아마 조만간 좋은 소식이 있을 거란다."

김조선의 말투는 좀 딱딱했다.

가족끼리 쓰는 단어들이 아닌 남과 남이 만나서 쓸 법한 단어들이 주를 이뤘다. 하지만 은재와는 반대로 김조선은 거리감을 두려 하는 건 아닌 것 같았다. 얼굴에 시종일관 피어 있는 미소가 딱 그랬다.

"후우, 은재야."

"네."

"나는 널 미워하지 않는다."

"……."

기습적이어서 그런가?

은재는 순간 움찔했을 뿐, 그 말에 대답하진 못했다.

"오빠는 어려서부터 의지가 약했다. 아버지 탓이었지. 오빠와 나를 낳고 돌아가신 어머니. 그러나 따로 새엄마를 들이진 않았다. 대신 아주 엄하게 키웠어. 나는 악착같이 버텼다. 그러나 오빠는 아니었다. 알게 모르게 사고도 많이 쳤다. 그렇게 크다가 아버지의 주선으로 은채의 엄마를 만나 결혼했다."

"……."

새언니도 아니고, 은채의 엄마다.

저 둘도 분명 사이가 좋지 않음을 암시하는 문장이었다.

"은채를 가졌을 때 오빠는 외도를 했다. 그건 나도, 아버지도 알고 있었다. 문제는 은채의 엄마도 알게 됐다는 거지. 그녀는 바로 이혼을 요구했고, 대성가를 떠났다. 그리고 들어선 게 얼마 전 문제를 일으킨 오성 집안의 여자다. 그 이후는 너도 알다시피 집안이 이 모양 이 꼴로 돌아갔지."

"……."

얘기를 시작한 지 얼마나 됐다고, 안쪽 꽉 찬 돌직구처럼 날아오는 본론에 은재는 눈만 끔뻑거렸다.

"그런 일이 있을 때 이미 오빠는 무너져 있었다. 아. 오해하지는 말아다오. 나는 오빠를 대신해 너에게 변명해 주고 싶은 마음은 없다. 이 이야기는 은채도 알지만, 내 입으로 너에게 해주고 싶었다."

"……."

저게 끝은 아닐 것이다.

김은채의 납치 사건부터, 아주 그냥 문제가 하나가 아니었다. 하지만 간략하게 왜 김조양이란 인물이 그리 못났는지에 대한 설명이었다. 물론 은재에게 저 말은 변명으로밖에 들리지 않을 것이다.

듣는 지영도 그렇게 느끼고 있으니 아마 틀림이 없을 것이다.

"미안하다고. 원치 않는 삶을 힘겹게 건더내야 헀던 네게 사과를 해야겠다고 언제고 생각하고 있었다."

"저는 괜찮아요."

"그래, 은채에게 계속 전해 들은 너는 참 강하더구나. 바보 같은 오빠보단 오히려 날 닮은 것 같더라. 여기 옆에, 은채처럼 말이다."

"그런가요?"

"그래, 그렇게 생각된단다."

유은재와 김은채.

배다른 자매지만 외모는 그냥 그럭저럭 비슷하다.

성격은?

한쪽은 불이고, 한쪽은 바람에 가깝다.

근데 재미있게 불속에는 차디찬 얼음이 숨어 있고, 세상을 떠도는 바람 속에는 꺼지지 않는 불이 숨어 있다.

김은채는 그 화끈한 성격 속에 아주 냉정한 이성을 갖췄고, 유은재는 그 자유로움 속에 손만 대도 화상을 입을 것 같은 뜨거운 의지를 가졌다는 소리다. 그리고 그런 둘은 김조양, 그 사람에 비교해도 결코 뒤지지 않을 정도로 힘겨운 어린 시절을 보냈다. 그러나 한쪽은 버티지 못했고, 둘은 버텼다.

김조선이 버틴 것처럼 은재와 김은채도 결국은 버텨냈단 소리다.

"진즉에 왔어야 했지만, 안 그래도 너에 대한 얘기가 가라앉지 않은 마당에 널 만나면 오히려 안 좋은 얘기가 더 재생산

될 것 같아 이제야 찾아왔다. 혹시 서운하니?"

도리도리.

"아니요. 저는 괜찮습니다."

감정적인 김조선의 말에도 은재는 이성적인 대답만 내놓았다.

확실하게 거리를 두려는 모습이었다.

그리고 그걸 여기서 모르는 사람은 아무도 없었다. 그런 은재를 가만히 바라보던 김조선이 툭하니 다시 은재를 불렀다.

"은재야."

"네."

"나는 널 미워하지 않는단다."

"……."

기습 번트처럼 다시금 날아든 그 말에 은재의 얼굴에 놀란 감정이 다분히 떠올랐다.

"내가 밉니?"

이 연타.

기습 번트를 두 번이나 때려 맞은 투수의 표정처럼 미묘하게 뒤틀린 은재의 얼굴을 보곤 지영은 속으로 고개를 절레절레 저었다. 제아무리 유은재가 대단하다고 한들, 눈앞에 저 여자는 한국 언론이 여제라 칭하는 경영의 대가였다. 게다가 나이 차이도 상당히 났다. 연륜이라는 무시 못 할 힘의 균형에서도 김조선이 압도적으로 위였다.

말 한 마디로 사람을 흔드는 능력쯤이야, 이미 맥시멈으로 갖추고 있을 게 분명했다. 지영은 그런 김조선의 말에 오늘 저 여자가 은재를 보러 온 이유를 깨달을 수 있었다.

피식.

문득 웃음이 나와 버렸다.

그리고 그래서 시선이 죄다 지영에게 '이 상황에 웃음이 나오니?' 이런 핀잔을 주는 것처럼 날아들었다.

"죄송합니다."

지영은 바로 고개를 숙였다.

풉.

은재의 실소가 다시 들려왔다.

지영의 웃음으로 은재는 다시 마음을 진정시켰고, 김조선을 향해 싱긋 웃었다.

"그런 생각 안 해봤어요."

지영에게 향해 있던 시선을 이번엔 은재가 수확 철 벼처럼 걷어갔다. 김조선은 은재와 시선을 마주친 채로 똑같이 싱긋 웃었다.

"다행이구나."

"은채 언니와 계속 연락을 하고, 만나는 마당이라 음… 그, 대성그룹과는 뗄 수 없는 사이가 된 거라는 건 느끼고 있었어요."

"그렇구나. 편하게 불러도 된다."

"그건 좀 나중에요. 어쨌든 대성은 제 피가 이어진 곳이니 언론도 그렇고, 사람들의 시선도 그렇고, 저를 생각할 때는 반드시 사생아의 꼬리표가 따라다니겠죠. 그걸 뒤집을 방법은 사실 없어요. 제가 아무리 유명해져도. 인지도 있는 작가가 되어도 그건 저를 평생 따라다닐 거예요."

"……."

사알, 짝.

날이 선 은재의 말에 김조선은 표정에 변화 없이 가만히 고개만 끄덕였다. 다 듣고 나서 대답하려는 생각 같았다.

"하지만 원망하지 않아요. 저 같은 고아들이 하는 말이 있어요. 내가 원해서 세상에 태어났냐고. 내 부모, 내가 골랐냐고. 누군 부모가 싫어서 혼자냐고. 그런 원망들 많이 하지만… 전 안 그래요. 오히려 이렇게라도 세상에 나올 수 있어서 감사한 마음을 가지고 있어요."

덕분에…….

그렇게 늘려서 마지막 말을 한 은재는 지영과 강상만, 그리고 임미정을 차례로 바라봤다. 분위기가 순식간에 훈훈하게 덥혀졌다. 은재는 그렇게 분위기 온도를 올려놓고 다시 김조선을 바라봤다.

"그래서 원망 안 해요. 대성도, 아빠도. 아니, 아빠는 그냥 저한테 없는 사람이에요. 엄마도 마찬가지고요. 두 사람을 열 살 이후부터 그리 그리워해 본 적이 없으니까요."

저 말은 진짜였다.

고작 열네 살의 나이에 만났을 때도 은재는 부모의 존재에 대해 조금도 그리워하지 않았다. 그리고 그건 지금까지도 마찬가지였다. 은재는 결코 내색도 안 했고, 힘들어하지도, 그리워하지도 않았다.

유은재의 머릿속에 친(親)아버지와, 어머니는 애초에 존재하지 않는 단어들이었다.

"그래서 전 누구도 안 미워해요. 누구도 원망 안 하고요. 회장님도 마찬가집니다. 제가 아직은 고모라고 부를 수가 없겠어요. 여기… 은채 언니야 그나마 저랑 초등학생 때부터 함께 했기에 받아들일 수 있었던 거예요."

"……."

"이게 제 마음이에요."

"그래, 그렇구나. 은채에게 듣던 대로 잘 컸네. 심성이 참 단단해."

"그런가요?"

"고맙구나."

"네?"

뜬금없는 말에 은재가 눈을 동그랗게 떴다. 은재는 속에 있던 얘기를 꺼내서인지 이제 자기 본래의 모습을 제법 보이고 있었다.

"그냥, 이렇게 잘 커주어서 내가 아주 마음이 놓여. 너의 존재를 알았을 때부터 사실 많이 미안했거든. 그거 아니? 네가 다니는 초등학교로 은채를 보낸 것도 나고. 너와 잘 지내라고 바람을 넣은 것도 나라는 것을?"

"어… 진짜요?"

"그래."

김조선의 말에 은재는 눈을 더 크게 뜨고는 김은채를 바라봤다. 그녀는 김조선의 옆에서 얌전한 요조숙녀 코스프레를 이어나가며, 고개만 살짝 끄덕였다. 그런 김은채의 모습에 지영은 속으로 피식 실소가 나왔지만 이번엔 입 밖으로 흘리지 않았다.

"배는 달라도 너희는 자매다. 그래서 일부러 둘을 붙여놓았다. 근데 문제가 생겼지."

"무슨 문… 아, 아아."

다시금 진지한 얘기로 돌입이다.

과거의 앙금을 모조리 뜯어서 해체할 생각인지 김조선은 아무것도 숨기지 않았다.

"그 여자가 어떻게 알았는지, 너를 납치하려고 했었다."

"네?"

"본래의 표적은 너였다는 소리다. 그런데 골 때리게 엉뚱한 은채가 납치됐지."

"······."

은재는 이 부분은 예상하고 있었다.

예전에 흘러가듯이 지영과 이 주제로 얘기한 적이 짧게나마 있었기 때문이었다.

"은채는 거기서 알았다. 날 닮아서 영악한 게 범인들이 하는 대화로 표적이 자신이 아닌 너였다는 걸 눈치챈 것 같더구나. 그 이후, 이 아이는 내게 와서 물었다. 은재 네가 누구냐고. 물론 사실대로 얘기해 주진 않았지."

"흠······."

김은채는 지금까지 어떻게 자신과 은재가 자매라는 사실을 알았는지 얘기해 주지 않았다. 하지만 그걸 굳이 알아야 되는 것도 아니었다. 은재와 지영, 그리고 강상만과 임미정의 시선이 달라붙자 은채는 큼큼, 목을 가다듬고 얌전한 목소리로 입을 열었다.

"부모님이 싸우는 걸 들었어요. 숨겨놓은 자식이 있었냐, 나랑 요즘 친하게 지내는 걔냐, 등등요."

"쯔······."

강상만이 대놓고 혀를 찼다.

아마 평생을 올곧고 강직하게 살아왔던 그의 입장에서는 절대 이해가 안 가는 얘기일 것이다. 그리고 지영이나 임미정이 아는 한, 그는 두 집 살림을 차리는 사람들에게 상당한 거부감을 가지고 있었다.

오죽하면 두 집 살림을 차린 검사들은 그가 총장직을 끝낼 때까지 요직에 앉을 생각 따위는 버려야 한단 소리가 이미 공공연연하게 떠돌고 있었다. 지영이 예상하기에 이유는 간단했다. 가정을 두 개를 차린다는 것에 거부감이 없다는 건, 검찰의 명예를 실추시키는 선택을 해야 될 시, 똑같이 거부감 없이 법이 아닌, 스스로의 이득을 챙길 거라는 판단 때문이었다. 물론 이걸 일반화시킬 수는 없지만 적어도 강상만은 그랬다.

그는 하나에 집중하고, 헌신하는 부류를 챙겼다.

"이후는 네가 겪은 것과 똑같다. 나는 더 이상 부추기지 않았지만 이 아이는 나름 머리를 굴려 너랑 멀리하는 모습을 보여주려 한 것 같더구나. 새엄마의 이목을 조금이라도 피하기 위해서 말이다."

"아……."

은재의 탄성 뒤에, 이번엔 잠자코 듣고만 있던 강상만이 입을 열었다.

"어린 나이었는데 대단하구나."

"아니… 에요."

천하의 김은채가 강상만의 말에 고개를 꾸벅 숙이곤 인사를 했다. 지영은 그 모습에 고개를 절레절레 저었다. 물론 그런 지영의 행동이 찌릿! 고개를 드는 김은채의 날카로운 시선이 날아들었지만 그 정도야 그냥 가볍게 무시했다.

"이런 말씀을 다 하시는 이유가 뭡니까? 이제 와서 우리 아가를 데려갈 생각은 아니신 것 같은데."

강상만의 말에 김조선은 다시 웃었다. 그 웃음은 정말 기분 좋다는 감정이 담뿍 담겨 있는 웃음이었다. 아마, 우리 아가라는 단어가 기꺼워서 일거라고 지영은 판단했다. 김조선은 숨을 크게 들이마셨다.

그리고 천천히 입을 열었다.

"수신제가치국평천하."

또박또박 나온 말에 강상만은 단숨에 알아듣고 고개를 끄덕였다. 물론 임미정과 은재, 김은채, 지영도 마찬가지였다. 다들 머리 하나는 좋은 사람들이었다. 지금까지의 대화와 저 단어의 연관성을 유추 못 할 리가 없었다.

수신제가치국평천하(修身齊家治國平天下).

몸과 마음을 닦아 수양하고 집안을 가지런하게 하며 나라를 다스리고 천하를 평한다는 말로, 공자(孔子)의 유서라는 설이 있는 대학(大學)에 나오는 말이다. 이걸 김조선이 한 이유는 대성을 이끌어가기 위해선 집안부터 말끔히 다스려야 한다는 뜻이었다. 그리고 그 안에 김조양은 물론, 유은재도 있었다.

지영이 보기에 틀린 말은 아니었다.

아니, 완벽한 정답이었다.

이제 외부의 적이라 할 수 있는 오성의 공격이 풀이 꺾였으니, 집안을 돌보겠다는 뜻이었다. 이미 김조양은 일선에서 거의 물러난 상태였다. 주주총회도 없이 김조선에게 밀려 버린지라, 지금 대성의 모든 계열사와 본사가 전체적으로 물갈이가 되고 있었다.

이로써 대성은 새로운 회장이 탄생한다.

그리고 그 회장은 첫 행보로 집안부터 돌보기로 마음을 먹었다.

'역시……'

여제(女帝)라는 별명이 괜히 붙은 게 아니었다.

"혹시 저 아이를 경영에 참가시킬 생각이세요?"

임미정이 나직하게, 염려를 듬뿍 담아 툭 던진 말에 김조선은 단박에 고개를 저었다.

"절대 제가 먼저 저 아이에게 부탁하는 일은 없을 거예요. 물론, 바람도 넣지 않을 생각이고요."

김조선의 대답을 이번엔 은재가 받았다.

"저도 제가 먼저 나서서 경영 일을 배우고 싶단 말은 절대 하지 않을 거예요. 저는 대한민국 최초로 노벨상을 받은 소설가가 꿈이거든요."

딱 부러진 대답에 김조선은 이번에도 웃으며 고개를 끄덕였다. 마치 너의 꿈을 지지해 주겠다, 그런 감정이 다분하게 담긴 끄덕임이었다. 지영은 순간적으로 저 김조선이 은채나 은재의 친모였으면 어땠을까 생각을 해봤다.

'감도 안 잡히네…….'

아마 지금과는 완전히 다른 삶을 살고 있을 것이다.

하지만 이 생각이 생각에서 끝날 수 있어 다행이었다. 만약 그랬다면 지영은 은재를 못 만났을 가능성이 아주 크니 말이다.

"지영 씨."

처음으로 김조선이 지영을 찾았다.

"네."

"고마워요."

수많은 의미가 압축되어 있는 감사 인사였다.

지영은 고개만 끄덕여 받기에는 자리가 뭐해서, 뭐라고 대답할까 생각하다 그냥 가장 무난한 대답을 꺼내놓았다.

"아닙니다."

"지영 씨가 있어 조카가 저리 밝은 모습을 꾸밈없이 유지할 수 있는 게 아닌가 싶어요."

"……."

"그리고 이렇게 좋은 가정환경까지. 잠시 봤는데 조카를 위해 정말 많은 걸 신경 써주셨다는 걸 느꼈어요. 지영 씨는 물론, 총장님과 이사장님에게도 감사의 인사를 꼭 하고 싶습니다."

그러더니 다시 강상만과 임미정에게 고개를 따로따로 숙여 인사를 했다. 대기업 총수가 될 여제의 인사다. 대통령도 무시 못 하는 대한민국 0.1%의 인사였던지라 두 사람도 그걸 가볍게 받을 순 없는 것 같았다.

특히 강상만은 더했다.

그는 검찰총장이다.

아무리 김조선이 은재 때문에 찾아왔다고는 해도 이걸 있는 그대로 받아들이는 사람이 과연 얼마나 될까?

또 경관유착(經官癒着)의 시작이니 뭐니 하면서 소설을 써 댈 게 분명했다. 물론, 오성의 언론에서 말이다.

그러니 만남 자체가 극히 조심스러워야 했다. 김조선이 조심해서 오긴 했겠지만 솔직히 두 집안의 만남은 이미 알려져 있다고 봐야 정상이었다.

"많이 안심했어요. 앞으로도 우리… 조카, 잘 부탁드려요."

"……."

그 말에 은재는 묘한 눈으로 김조선을 바라봤다. 아무런 감정도 안 가지고 싶어 했던 은재인데, 김조선이 저리 나오니 좀 당황스럽고, 복잡한 모양이었다. 그것도 틈도 안 주고 그냥 대놓고 우리 조카, 우리 조카 이러니 충분히 부담스러울 만도 했다.

그녀는 식은 차를 마시고 자리에서 일어났다.

"그럼 이만 일어나 볼게요. 오늘 시간 내주셔서 정말 감사합니다."

"아닙니다."

"저녁이라도 드시고 가시지……"

임미정이 예의상 툭 말을 던졌지만 그녀는 싱긋 웃고는 고개를 저었다.

"본사 회의가 잡혀 있어 이제 슬슬 가봐야 해요. 식사는 다음에… 제가 먼저 부탁드릴게요. 물론 여기서, 집 밥으로요."

"네, 언제고 연락주세요."

그렇게 인사를 한 김조선은 유선정에게 다시 한번 은재를 잘 부탁한다는 당부를 전한 후, 떠났다. 대문 밖까지 나가 김조선을 배웅하고 나자, 김은채가 까닥, 고갯짓으로 지영을 불렀다.

집 모퉁이를 돌아 어쩐지 둘만의 아지트가 된 것 같은 벤치에 도착하자 지영은 입을 열었다.

"왜?"

"그냥, 담배나 한 대 빨까 싶어서."

"어휘력 하고는……."

이런 애가 병원을 운영한단다.

정말 고개가 절레절레 저어질 정도로 이해가 안 갔지만 어쩌겠는가. 날 때부터 호박 다이아를 양손 가득 끼고 있었다는데.

"얌전하더라?"

"나? 나도 겁나. 그래서 앞에서는 조신해야 돼."

그것도 겁나.

툭 꺼내놓는 마지막 말에 지영은 그냥 피식 웃고 말았다. 그래, 원래 이런 애다. 이제는 그냥 포기할 때가 됐다.

"근데 너도 조용하던데?"

"그 대화에 내가 나설 만한 구석이 없었으니까."

"하긴, 너는 우리 고모도 들이받고 봤을 놈이지."

"들이받기만 했겠냐?"

지영의 대답에 김은채는 뭐가 그리 재밌는지 키득키득 웃다가, 사레가 들렸는지 목을 부여잡고 켁켁거렸다. 그 바람에 재가 날려 지영의 인상을 잔뜩 찌푸리게 만들었다.

"진짜 더럽게……."

"어윽, 야. 내, 내가 뭐 사레들리고 싶어, 아윽, 들렸냐?"

"자랑이다. 자."

지영은 안 그래도 둘을 보내고 담배를 태울 생각이었기 때문에 물을 챙겨 나왔었다. 그걸 건네주자 아주 시원하게 한 방에 쭉 마셔 버린 김은채는 병을 내밀었다.

"니가 버리지?"

"치사하게. 끝까지 챙겨주면 좀 덧 나냐?"

"어, 덧나. 그나저나 넌 안 가냐? 본사 회의라며."

"아직 데뷔 안 치렀거든요? 정식으로 들어간 것도 아니고."

'뭐가 그래?'

이런 생각이 들었지만 지영은 굳이 그걸 묻진 않았다. 담배를 다 피운 지영은 꽁초를 빈병에 넣고, 김은채를 가만히 바라봤다. 그 시선을 김은채는 눈을 가늘게 뜨고 마주 보다가, 입을 열었다.

"왜?"

"보자고 한 이유가 있을 거 아냐."

"없어."

"뭐?"

"동생 애인이니 이젠 관계 개선도 해야 될 것 같고 해서, 얼굴이라도 자주 보면 좀 풀리려나 했는데 너나 나나 하는 거 보니까 우린 그른 것 같아."

피식.

김은채의 말에 지영은 그냥 헛웃음을 짓고 말았다. 관계 개선? 지영은 단 한 번도 생각지 않았던 말이었다.

"간다."

그렇게 휭 가는 김은채를 적당히 손을 저어 마중한 지영은 김은채가 박스째 선물한 탈취제를 뿌린 뒤에 집 안으로 들어갔다. 마침 부모님과 은재는 거실에서 얘기를 나누고 있었다. 대화하는 표정에 개운함이 있는 걸로 보아, 김조선의 방문은 갑작스러웠지만 그래도 긍정적인 효과를 낳은 것 같아 다행이란 생각이 들었다.

"은채는? 갔니?"

"네. 좀 전에 갔어요."

"그래, 너도 와서 앉거라."

"네."

강상만의 말에 지영은 좀 멀찍이 떨어져 앉았다. 탈취제를 뿌렸지만 아무래도 냄새가 좀 날까 걱정이었기 때문이다.

"오늘 일은 참 다행이다. 안 그래도 은재가 이 집에 왔을 때부터 이런 일이 나쁜 방향으로 벌어질까 걱정했었다."

"그래요?"

"그래. 나나 네 엄마, 그리고 네가 워낙에 얼굴이 많이 알려진지라 대놓고 나쁜 짓은 못 할 줄 알았지만 그게 저번 두 그룹 간 다툼으로 그것도 아니란 걸 알게 되고 꽤나 걱정을 많이 했었다. 하지만 전에 통화했던 때처럼 김조선 회장의 인성이 참 올곧아서 다행이다. 그리고 설마 이 시대에 그 말을 꺼낼 줄은 예상도 못 했다."

"그러게요. 저도 좀 놀랐어요."

강상만의 말을 임미정이 받았고, 둘의 말에 지영과 은재는 고개를 끄덕였다. 요즘 아이들에게는 아예 생소한 단어일 것이다. 초, 중, 고등학교 수업에 웬만해서는 등장하지 않고, 등장한 다고 하더라도 쉽게 잊어지는 단어였기 때문이다. 게다가 정보화 시대, 영어가 중요해지면서 더더욱 쓰이지 않는 단어였다.

"수신제가치국평천하. 아주 좋은 말이고, 그만큼 많은 교훈을 담고 있는 말이지. 여제라더니… 허헛, 대성이 용을 주인으로 삼았구나."

지영도 동의했다.

'용에 비교되는 사람이 굳이 남자여야 한다는 법은 없으니까.'

그렇게 생각하며 고개를 끄덕이는데, 은재가 불쑥 고개를 숙였다.

"죄송해요. 저 때문에……."

"그러지 않아도 된다. 내 아들이 널 선택했고, 그 순간부터 이미 넌 우리 가족이나 마찬가지였으니 말이다. 가족의 일을 내팽개치고, 신경도 쓰지 않으면서 어찌 가족이라 할 수 있을까. 이제는 너도 저쪽 집안과 원만히 해결됐으니까, 마음 편히 먹어도 될 것 같다."

"네……."

은재는 김조선이 그렇게 많은 말을 해줬을 때도 내보이지 않던 감정적인 표정을 곧바로 띄웠다.

강상만은 은재의 머리를 한번 쓰다듬고는 소파에 몸을 편안히 뉘였다.

"후련하구나, 하하."

집안의 문제 중 하나가 해결되는 날이었다. 오성도 이제는 굳이 은재를 건드릴 이유가 없었다. 대성이 이 악물고 힘쓴 탓에 이미지 변신에 성공한 은재는 이제 인터넷에선 비련의 여주인공으로 통한다.

세기의 로맨스는 물론이고, 그 험난한 어린 시절까지.

감성을 건드리기에 아주 좋은 소재들이었다.

게다가 '글'이라는 가슴을 울리는 능력까지.

은재는 이미 유명인이었다.

알음알음 그녀가 찍힌 사진들이 인터넷에 퍼지고 있을 정도였다.

꼬로록.

그때 은재의 배에서 '나 배고파요!' 하고 알람이 울렸고, 덕분에 모두의 시선이 은재의 배로 불쑥 향해 버렸다.

"아… 저기, 이게… 그게……. 아하하."

은재는 너무 놀라 손사래까지 쳐가며 열심히 변명했지만 이미 울려 버린 알람 시계는 어쩔 수 없었다.

강상만이 그런 은재를 보며 임미정을 겨냥해 말했다.

"당신, 아가 밥 굶겼어?"

"이아가? 내가 설마 그랬겠어요? 얼른 준비할게요."

임미정이 일어나 후다닥 움직이자 유선정이 귀신같이 알아채고 은재의 방에서 나와 거실로 움직였다.

"흐잉……."

"아침 점심 먹는 둥 마는 둥 하더니, 으이구."

"긴장하긴 했었나 봐, 헤헤."

맑게 웃는 은재의 미소에 지영도 비슷한 미소를 지었다.

"난 잠깐 청에 전화 좀 하고 오마. 준비되면 불러라."

"네."

"네, 아버지."

조용히 자리를 비켜준 강상만을 보며 비슷하지만 다른 답을 내놓은 둘은 이번엔 벌컥 열리는 현관문에 시선을 돌려야 했다.

"언니!"

지연이가 피아노 레슨을 끝내고 딱 집에 들어왔다. 지연이는 이제 엄마보다도 은재를 먼저 찾아 가끔씩 부모님의 질투 어린 시선을 받게 만들었다.

"언니! 언니! 나 오늘 칭찬받았다?"

"어! 진짜? 우와!"

은재의 휠체어 옆에 철퍽 앉은 지연이가 햇살 같은 미소로 밝게 웃으며 한 말에 은재도 같은 미소로 답을 해줬다.

예전에는 무릎에 자꾸 앉으려고 했지만 임미정에게 한 번 엄하게 혼난 이후 이렇게 항상 은재의 옆에 앉아 올려다봤다. 고사리같이 작은 손으로 바퀴를 꼭 쥐어 잡고는 어디도 못 가게 한 다음 말이다.

지영은 지연이가 오면 은재와 대화하는 건 힘들다는 걸 아는지라 강상만처럼 조용히 방으로 들어왔다.

방으로 들어와 혹시 김조선과의 대화에 방해가 될까 봐 아예 책상 위에 내놨던 폰을 확인했다.

메시지가 몇 개 와 있었다.

광고 촬영 조율이 끝났다는 김지혜의 메시지가 하나.

'다음 주 수요일이라……. 나쁘지 않네.'

적당히 준비할 시간도 있었다.

아니, 준비할 게 거의 없었다. 몸이야 항상 최선으로 관리하고 있었으니까. 그리고 광고 콘셉트도 크게 별난 게 없었다.

구관의 명관이라는 마인드로, 김은채는 광고 팀에 심플 이즈 베스트(Simple is best)를 확실하게 강조했다고 했다. 그다음은 송지원에게 얘기 잘 끝났냐? 이렇게 묻는 게 하나 와 있어 답장을 적어 보냈다.

그다음은 류승현 감독에게 편집이 끝났고, 기술 시사회 일정을 잡고 싶은데 언제가 괜찮냐고 묻는 메시지가 와 있었다. 이건 지영이 독단적으로 결정할 게 아니고 회사 사람들과 상의를 해야 할 문제라 일단은 보류해 뒀다. 더 이상 별다른 문자가 없어 지영은 폰을 내려놓고 PC를 켰다.

PC를 켜고 인터넷에 접속해 기사란을 확인하자, 역시나 벌써 검찰총수와 대성 차기 회장의 은밀한 접촉이란 제목으로 기사가 떴다. 기자는 아주 소설을 써주셨다. 은재와 지영의 관계부터 시작해 벌써 결혼이 임박했으니 뭐니, 새로운 유착의 시작이니 뭐니, 아주 그냥 상상을 마음껏 부풀려서 기사를 써 놨다. 기사를 다 읽은 지영은 그냥 피식 웃고 말았다.

이런 건 일일이 대응할 가치도 없었다.

어차피 저 기사는 오성의 마지막 발악이고, 그 발악을 알아주는 네티즌은 거의 없을 게 분명했기 때문이다.

'끝까지 지저분하다니까.'

쯧, 혀를 찬 지영은 다른 기사도 검색해 봤다.

오늘 만남에 대한 기사는 10개쯤 올라와 있었다. 김은채가 알려준 리스트를 살펴보니 전부 오성에서 광고를 받거나, 아니면 아예 오성에서 만든 회사들이었다. 은재에 대한 기사도 그 정도 나 있었다.

물론 반대로 대성의 언론 계열사에서 힘쓰는 기사도 상당히 많이 올라와 있었다. 그쪽은 좀 구체적이었다.

김조선이 오늘 강상만 총장의 집을 찾은 이유와 아예 수신 제가치국평천하의 기치를 내걸고 새롭게 시작하려 하는 이유까지 상세하게 적어 올린 기사들이었다. 역시 회장은 움직이더라도 저렇게 모든 준비를 끝내고 움직이는구나, 하는 생각이 들었다. 그렇게 기사를 싹 훑은 지영은 메일함을 열었다.

잡다한 메일은 싹 지우다가 눈에 띄는 메일 하나를 발견했다. '테러리스트'로 연을 맺은 임수연이 보낸 메일이었다. 그녀에게 이렇게 말해놨었다. 본업인 로맨스 소설을 써도 좋고, 시나리오를 써도 좋지만 영화 쪽 시나리오를 쓰게 되면 가장 먼저 자신에게 보내달라고. 임수연은 그런 지영의 기대를 저버리지 않고, 근 반년 만에 이렇게 시나리오를 보냈다.

"오호……."

임수연의 신작에 대한 기대감이 불쑥 치솟아 오른 지영은 얼른 파일을 다운받고, 곧바로 전체를 인쇄했다.

지잉, 지잉,

프린터기가 맹렬히 돌면서 잉크를 종이에 찍어 밖으로 뱉어냈다. 한참을 토해내고야 멈추고, 정리해서 읽기 편하게 구멍을 뚫고 끈으로 딱 묶는 순간.

"지영아, 밥 먹어!"

은재의 목소리가 천둥처럼 문을 뚫고 들어왔다.

들떴던 마음이 그 목소리에 싹 가라앉았다. 하지만 아쉽게
도 지금은 저 시나리오를 읽진 못할 것 같았다. 저녁 시간을
기약한 지영은 밖으로 나갔다.

고소한 냄새가 솔솔 풍겼다. 저녁에도 어김없이 지영이, 은
재가, 그리고 지연이가 좋아하는 제육볶음이 식탁에 올랐다.
귀찮을 법한 데도 간장과 고추장 두 가지로 볶아 식탁에 올렸
고, 군침 도는 비주얼과 향에 입맛이 확 돋았다.

적상추와 깻잎, 그리고 각종 쌈 채소들도 올라왔다. 특제
소스도 올라왔다. 임미정이 강상만을 불러오고, 비서이자 어
느새 이모나 고모가 된 것 같은 유선정까지 전부 앉고 나자
식사가 시작됐다.

평소보다는 이른 저녁 식사 분위기는 어느 때보다 좋았다.
특히 은재를 옭아매고 있던 친족 문제가 거의 90% 이상 해결
이 되어 그런지 훨씬 밝았다. 그렇게 저녁을 먹고, 거실에서
티타임을 가볍게 가졌다.

7시쯤 각자 할 일을 하러 방으로 해산하자 지영은 임수연
이 보낸 시나리오가 가장 먼저 떠올랐지만 그래도 운동이 먼
저라 2층 창고 비스무리한 용도로 쓰는 방으로 가서 러닝머신

을 딱 30분간 달렸다.

그렇게 한 차례 땀을 흘리고 난 지영은 씻고 편한 차림으로 갈아입고 침대에 누워, 시나리오를 들었다.

가슴이 살짝 두근거렸다.

과연…….

'이번엔 어떤 이야기일까?'

그런 기대감을 안고 지영은 첫 장을 넘겼다. 그러자 시작부터 강렬한 제목이 지영의 시선을 쫙 잡아당겼다.

'너의 심장을 먹고 싶어'.

역시나, 임수연은 중간이 없었다.

chapter57
신작 준비

사락, 사락.

새하얀 백열전등 아래 들리는 소리라고는 오직 종이 넘길 때 나는 소리뿐이었다. 지영은 흠뻑 빠져 있었다. 임수연이 보내온 시나리오는 전형적인 로맨스 소설이었다. 그것도 흔히 학창물이라 부르는 고등학생의 러브 스토리.

단정 지어서 얘기하면 그 이상도, 그 이하도 아니었다.

하지만 지영은 임수연 작가 특유의 감정이 지독하다 싶을 정도로 묻어 있었다. 시작은 조용하나, 중간은 격정적이고, 후반은 장렬하다.

솔직히 얘기하자면 마치 전쟁 소설을 읽는 기분이었다. 총도, 칼도 등장하지 않지만 감정이라는, 모든 인간이 소지한 무기를 들고 얽히고설킨 관계자끼리 고의적으로, 혹은 미필적 고의로 상대를 다치게 한다.

그 안엔 사랑이, 애증이, 그리고 헌신이 존재했다.

지영이 시나리오를 읽어가면 읽어갈수록 전쟁이라는 단어를 떠올린 게 무리도 아니었다.

'사랑도 전쟁이라 할 수 있으니까.'

괜히 사랑과 전쟁이란 프로가 장수하는 게 아니었다.

일반적인 로맨스 소설이야 많이 읽어봤다.

이번 생뿐만이 아닌, 이전, 이전전의 삶에서도, 그 이전에도, 남자와 여자의 실제 사랑을 적은 소설도, 아니면 상상에 의존해 적은 소설도 수없이 접했었다. 그러나 임수연은 확실히 달랐다.

'은재와 비슷하지만 달라.'

은재의 주 무기는 글에 아련함이 가득 묻어난다는 것이다.

그래서 어딘가 몽환적인 느낌이 있었다. 따라서 이 두 가지가 주는 신비함이 소설의 분위기를 신비하게 만들어 버렸다.

솔의 성장은 그런 분위기 속에서 대중의 마음을 훔쳤다.

하지만 임수연은 직접적이었다.

과장된 감정의 포장, 그 과장된 포장을 뚫고 나오는 표현,

그 표현이 상대에게 주는 흔들림, 이 모든 것들이 살벌하다 싶을 정도였다.

그래서 두 사람의 소설은 비슷하면서도 매우 달랐다.

그리고 단어 설정도 달랐다.

솔은 두루뭉술한 표현을 위한 단어가 꽤나 있다.

그런 것 같기도 하고, 아닌 것 같기도 하고.

그러나 임수연은 그런 애매한 단어는 하나도 넣지 않았다. 감정을 형성해 가는 도입부를 제외하곤, 모조리 쿡쿡 찌르는 직격탄 단어들이었다.

'테러리스트'와는 달랐다.

뒤집어져 가는 태석의 감정을 표현하기 위해 임수연은 대사에 관객이 다른 생각을 할 여지를 주기 위해 많은 신경을 썼다.

탁.

시나리오를 든 지영은 침대에서 일어나 책상 앞 의자에 철퍽 앉았다.

"보통 로맨스는 초중반 감정선이 굉장히 무딘데……."

이 사람을 내가 사랑하는 건가?

아니면 사랑하지 않는 건가.

한순간의 감정인가?

영원불멸할 감정인가.

초중반, 사랑을 확인하는 과정은 보통 대개 이런 식으로 포장한다. 그래야 극(劇)을 보는 객(客)들이 두 사람이 어차피 서로 사랑하는 걸 알면서도, 서로 이어질 걸 알면서도 가슴을 졸이며, 답답해하며 극에 집중시킬 수 있기 때문이다.

그러나 임수연은 그런 걸 극히 미세하게만 표현할 뿐이었다.

말했듯이 시나리오를 관통하는 딱 한 단어는 전쟁이다.

주인공 넷의 전쟁은 통렬할 정도로 스스로의 감정을 대놓고, 객에게 전달시키기 위해 몸부림을 친다는 느낌을 받았다.

'역시 임수연 작가……'

천재(天才).

선천적으로 타고난 재능을 지닌 사람은 역시 다르다는 생각이 들었다. 지영은 천재가 아니다. 그저 수없이 살아온 삶을 통해 지닌 지식과 경험을 바탕으로 행동하고, 연기할 뿐이다. 그러니 세인들의 눈엔 희대의 천재처럼 보이겠지만, 실제로는 결코 강지영이란 인간을 천재라 할 수 없었다.

하지만 임수연은 아니다.

그녀는 인생 1회 차…….

이 정도가 가능한 건 경험보다는 분명 타고난 재능에 의지한 상상력이 기반일 것이다. 그리고 그 상상을 촘촘하게 묶는 편집 능력까지.

지영은 이 작가와 연을 맺기를 정말 잘했다는 생각이 들었다. 지영은 처음부터 다시 한번 시나리오를 읽었다.

이미 한번 봤기 때문에 흥미는 좀 떨어져야 정상인데 여전히, 정말 여전히 재미있었다. 두 번째 보다 보니 안 보이던 것들이 다시 속속 눈에 들어왔다.

헌신.

헌신의 무게.

그걸 준비하는 과정 속의 답답함.

'신기하네……'

주인공의 대사, 감정 설명들이 전부 미트 한복판으로 던지는 직구 같은 단어들인데도, 이상하게 답답함이 느껴졌다.

물론 지영만 그렇게 느낄 수 있겠지만, 이 답답함은 타오르는 감정을 진정시키는 역할을 하고 있는 것 같았다.

두 번째로 시나리오를 다 읽은 지영은 답답해졌다.

임수연이 객에게 전달하고자 하는 메시지를 느꼈기 때문이었다.

물론 임수연의 의도와 다르게 받아들였을 수도 있지만, 지영은 그건 어차피 관객마다 전부 다를 게 분명하니 상관없을 거라 생각했다.

조용한 거실을 가로질러 밖으로 나간 지영은 항상 가던 곳으로 가 담배를 꺼내 불을 붙였다. 지영은 폰을 꺼내 임수연의 번호를 찾아 전화를 걸었다.

뚜르르, 뚜르르.

몇 번의 신호음 끝에 임수연이 전화를 받았다.

─앗, 안녕하세요!

"네, 안녕하세요. 잘 지냈어요?"

나이가 서른을 넘은 임수연은 여전히 쾌활했다. 아이 같은 천진난만함이 특징이었다. 그래서 지영은 신기했다. 이런 성격을 가진 사람이 어떻게 저런 소설을 쓸까, 그런 부분이 말이다.

─네! 네! 헤헤! 아, 시나리오 보냈는데, 보셨어요?

"네, 지금 보고 전화한 거예요. 시나리오 정말 잘 봤습니다."

─헤헤헤… 어, 어땠어요……?

조심스럽게 물어오는 임수연 때문에 지영은 피식 웃고 말았다. 글에는 그렇게 전쟁 같이 표현을 해대더니만 지금은 이렇게 또 어리벙벙한 모습을 보여주고 있었기 때문이었다.

"최고였어요."

─아, 아… 그렇구나. 최고였구나, 에헤헤.

수줍은 미소 뒤에 잠시 나왔다 들어간 뿌듯함을 지영은 느낄 수 있었다. 웃음을 멈춘 임수연이 말을 이었다.

─그, 그럼 이것도… 될까요?

시나리오 채택을 말하는 것 같았다.

지영은 이 작품을 놓치고 싶은 생각이 없었다. 궁합이 잘 맞는 건지 아닌지는 아직 두 작품밖에 못 봤으니 단정 지을 수 없지만 지영은 자신이 임수연의 감성, 재능과 잘 맞는 것 같단 생각이 들었다.

"네, 제가 할 생각입니다. 시기는 음… 가을이 어떨까요?"

―아… 가을, 조금 더 늦어도 돼요? 가을과 겨울의 경계선이면…….

"음, 그럼 내일 서울 좀 올라올 수 있어요? 만나서 얘기하는 게 좋겠는데."

―네? 아, 네. 가, 가야… 죠.

말을 심하게 더듬거리는 건 그녀가 사람 많을 곳을 불편해하는 것 때문이라 지영은 바로 말을 이었다.

"일찍 사람 보낼게요."

―아… 감사합니다.

한결 편안해진 음색에 지영은 고개를 끄덕였다.

지영은 질질 끌고 싶지 않았다. 지금부터 영화를 준비해도 몇 달은 걸린다. 감독을 섭외하고, 그 감독이 촬영 팀을 소집하고, 그 이후 다시 배급사, 투자처 등등 영화라는 게 이미 준비되어 있는 작품에 들어가지 않는 이상 지영이 결정했다고 뚝딱 바로 찍을 수 있는 게 아니었다. 그리고 가장 중요한 촬영 장소와 주조연 배우들 섭외까지 생각하면 몇 달을 훌쩍 넘어간다. 그러니 지금부터 준비해야 가을과 겨울에 찍을 수 있었다.

"그럼 내일 봐요."

—네……

뚝. 전화를 끊은 지영은 담배를 비벼 꺼서 재떨이에 버린 다음 안으로 들어갔다. 들어가니 지연이랑 방에서 놀아주던 은재가 나와 있었다.

"또 담배 피웠어?"

"아… 응."

"좀 줄이라니까. 탈취제는?"

"뿌리고 올게."

방에 들어가서 양치와 탈취제를 뿌린 지영은 다시 거실로 나왔다.

"지연이는?"

"재운다고 좀 전에 어머니가 데리고 올라가셨어."

"고생했어."

"흐흐, 고생은? 나도 좋은데, 뭐. 사랑스런 동생 생긴 기분이거든."

"그래. 그럼 고맙고."

솔직히 정말 고마웠다.

은재 덕분에 임미정의 부담이 많이 줄었다.

한창 이것저것 호기심이 폭발할 나이의 강지연이다. 고된 일을 마치고 들어온 강상만과 임미정이 그런 지연이를 케어해 주긴 했지만 그래도 체력적으로 버거웠던 게 사실이다. 그런데 은재가 들어오면서 지연이는 은재의 곁에서 떨어지지 않았다. 씻기는 거야 임미정이 하지만, 그 외에 공부, 대화 상대를 전부 은재가 해주니 두 분의 부담이 팍 줄어들었다.

"너 의외로 선생님에도 소질이 있나 봐."

지영의 말에 은재는 눈을 동그랗게 떴다.

"나?"

"응."

"흐흐, 그런가?"

특유의 음흉한 웃음 뒤에 나오는 싱그러운 미소에 지영은 다시금 가슴이 따스해짐을 느꼈다. 그런 따스함이 전보다는 훨씬 더 크고, 깊게 느껴졌는데 아마도 전쟁 같은 사랑 이야기를 보고 나서일 거라 지영은 생각했다.

"글은 어때?"

"음… 구상한 대로 잘 안 나와. 속상해, 흐잉."

장난스럽게 울상 짓는 은재의 모습에 다시 웃고 만 지영은 의자를 끌어다가 앞에 앉았다.

"어느 부분이?"

"캐릭터의 감정이."

"솔과는 다르게 가려고?"

"응, 그래야지. 같은 글은 한두 번은 먹혀도, 이미 익숙해진 독자들은 식상해진단 말이야. 그러니 매번 감정선을 다르게 엮어볼까 해."

"흠……."

지영은 은재의 문제가 뭔지 알았지만 따로 조언을 해야겠단 생각은 하지 않았다. 지영의 조언이 들어가면 도움은 되겠지만 그 자체에 지영의 감정이 들어가게 된다. 예전에 은재도 그랬었다.

고민은 들어주면 너무나 고맙다고.

하지만 해결책은 스스로 찾고 싶다고.

소설가로서의 자존심일 수도 있지만 예술, 문학 하는 사람에게 자존심은 필수적인 요소였다. 자신의 글에, 자신의 연기에, 자신의 작품에 프라이드가 반드시 있어야 한다는 게 수많은 평론가들의 의견이었다.

그리고 지영도 그 의견에 동의했다.

"아직 내가 경험이 많지 않아 그런지 좀 힘들긴 하다, 흐흐."

"넌 잘해낼 거야."

"그럼! 내가 누구 여잔데?"

피식.

이런 부분에서 웃음이 나오게 만드는 은재가 참 고마웠다.

"내 여자?"

"응, 흐흐. 그리고 넌 내 남자!"

작게 속삭이듯 말해주는 바람에 지영은 이상하게 그냥 실없는 웃음이 나왔다. 둘이 그렇게 머리를 맞대고 키득키득 거렸다. 이 작은 시간이 지영에게는 힐링의 시간이었다. 지금 생각하면 은재를 집으로 데리고 온 건 천 번 생각해도, 만 번 생각해도 최고의 판단이었다.

"너는? 한동안 쉴 거야?"

"광고 이후에?"

"응, 너 보통 많이 안 찍잖아."

"아니, 올해 하나 더 찍을까 해."

"진짜?"

"응. 임수연 작가가 재미난 시나리오를 하나 보내줬거든. 가을과 겨울이 배경이니 가능하면 그때 찍으려고."

"아하? 솔은 여름이니까 제작 결정 되어도 내년이겠다. 힝, 아깝다. 다음 작품은 내 작품이었으면 했는데."

"솔이 어디 도망가는 건 아니잖아?"

"흐흐, 그렇지. 그건 꼭꼭 더 신경 써줘야 된다?"

"당연하지."

"흐흐."

은재의 만족스러운 표정과 웃음에 지영도 또 웃음을 작게 터뜨렸다.

"나 이제 글 조금만 더 쓰다 잘게."

"그래, 너무 늦게까지 쓰진 말고."

"응! 뽀뽀."

쭉 내미는 입술에 가볍게 뽀뽀를 해주자, 은재는 또 흐흐, 하고 웃었다. 그러곤 손으로 바이바이, 굿 나잇 인사를 했다. 방으로 들어오니 벌써 시간은 11시가 되어가고 있었다. 지영은 침대에 누워 이 순간의 행복감에 몸서리치다가, 잠에 빠져 들었다.

다음 날, 지영은 오랜만에 사무실로 출근을 했다. 한번 움 직이면 워낙에 많은 사람들이 피곤해서 최대한 자제하고 있었 는데 이번엔 어쩔 수가 없었다. 기술 시사회 날짜와 은채의 부 탁으로 찍을 광고, 그리고 임수연과도 회의를 해야 했기 때문 이다. 그래서 김지혜는 지영을 회사에 내려주고 바로 충주로 출발했다.

오랜만에 나온 사무실이라 그런지 지영은 뭔가 감회가 새로 웠다. 여기로 출근하기 전까지 진짜 많은 일이 있었기 때문이 다.

지영이 출근하자 다들 반색하며 자리에서 일어났다.

"이렇게 나와도 돼?"

"안 될 게 뭐 있나요? 지켜주는 분들이 피곤할까 봐 자제한 것뿐이에요."

"그래? 다행이다."

한정연이 씩 웃고는 지영을 반겼다.

두 사람은 지영에게 그런 일이 있었는데도 이제는 덤덤해진 모양이었다. 자기가 맡은 배우가 피습을 당했다. 그것도 1년도 안 되어 두 번이나. 그런데 그냥 팬에 위한 피습도 아니고 전문가, 스페셜리스트에 위한 테러였다.

솔직히 무서울 만도 하다.

그런데 한정연과 이성은은 그때의 충격에서 말끔히 벗어난 기색이었다.

"잘들 지내셨죠?"

지영의 인사에 오선정과 김미연이 반가움이 가득한 미소로 고개를 끄덕였다. 지영은 두 사람이 남아줘서 참 다행이란 생각이 들었다. 한정연과 이성은, 그리고 김지혜가 말하기로는 두 사람은 정말 대기업에 들어가도 충분히 두각을 나타낼 만한 인재라는 평이 있었다.

'아, 이미 다녔었다고 했던가?'

업무에 지쳐서 2년 만에 때려치우고, 지영이 차린 레이블에 입사원서를 넣었다는 얘기가 어렴풋이 떠올랐다.

한쪽은 회계와 마케팅 쪽으로 뛰어났고, 한쪽은 메일과 전화, 언론 반응 등을 신속하게 살펴보면서 대응책을 내놓는 데 뛰어나다고 들었다. 서로 스타일은 다르지만 두 사람이 지금까진 잘 보조를 맞춰 한정연과 이성은의 부담을 많이 줄여주고 있었다. 물론 전체적인 방향과 결정은 김지혜를 통해 임미정이 하고 있었다.

작은 인원이지만 회사는 그래도 잘 돌아가고 있었다. 그리고 솔직히 그리 일이 많지 않기도 했다.

지영이 워낙에 일을 많이 하는 스타일이 아니었기 때문이다.

굵직하게 따지면 일 년에 서너 개 정도 될까? 딱 그 정도였다.

"누나, 광고 콘티 왔어요?"

"응, 어제 받아서 뽑아놨어. 바로 가져다줄까?"

"네, 일단 그것부터 좀 볼게요."

"알았어. 잠깐만?"

한정연이 그렇게 대답하고 자리에서 일어나려고 하자 가장 가까이 있던 오선정이 얼른 일어나 콘티를 가져왔다. 지영은 가볍게 고개를 숙여 인사하곤 콘티를 살폈다. 역시, 김은채의 말처럼 심플한 콘티였다.

일단 의상부터 하의는 블루, 상의는 화이트. 전형적인 공익 광고 컬러다. 우중충하고 무거운 색상은 거의 배제하는 게 요즘 트렌드이기 때문이다. 특히 병원은 더했다.

"장소는 음… 제주도네요?"

"응. 제주 대성병원을 배경으로 찍겠다는데? 근데 거기가 그림이 가장 좋긴 해."

"흠……."

비행기라…….

배나 비행기를 이 시기에 탄다?

회사원들 피 말려 죽이기 딱 좋다.

아주 그냥, 날아가는 한두 시간 남짓 동안 아주 몸속의 피가 전부 증발해 버리는 건 아닐까 하는 기분을 맛보게 될 것이다.

왜?

당연히 테러의 위협 때문이었다.

"지금 시기에 제주도는 아무래도 좀 무리예요. 이건 대성 쪽이랑 조율을 좀 해봐야겠는데요?"

"응. 나도 그 생각하긴 했어. 미리 언질도 넣어놨고."

"아, 그래요?"

"그럼 당연하지? 부산에서의 일도 있었는데 네가 아무래도 비행기나 배는 부담스러워할 것 같으니 다른 후보지를 좀 뽑아나 달라고 했지."

"역시, 누나 굿."

지영은 한정연의 일 처리에 엄지를 척 내밀었다.

이런 기본적인 센스가 지영은 너무나 고맙고, 필요했다.

근데 한정연은 어깨를 으쓱했다.

"근데 전달만 내가 했고, 먼저 의견은 저기 미연이가 메일 확인하고 바로 냈어. 지금 시기는 좀 힘들지 않겠냐고."

한정연이 공(功)을 김미연에게 툭 던져줬고, 지영은 이번에도 그녀에게 고개를 숙여 가볍게 감사의 인사를 전했다.

'저런 센스 하나가 촬영 일자를 못해도 하루는 줄이는 거지.'

지영이 오늘 나와서 까면 또 급하게 후보지를 뽑느라 시간이 걸릴 거고, 그만큼 촬영은 뒤로 미루어진다. 하지만 어제 미리 언질을 넣어놨으니 이미 후보지를 뽑아놨을 것이다. 그럼 아까운 시간을 줄일 수 있다.

"상대 배우 섭외도 끝났대요?"

"응. 보라매 소속 배우던데?"

"보라매요? 누구요? 설마 지원 누나는 아닐 거고."

콘티를 보니 지영의 신은 연인 콘셉트였다.

그리고 은재는 가족 콘셉트였다.

지영과 은재는 모두가 아는 연인 사이지만 실제로 광고까지 찍어버리면 너무 노골적인지라 김은채는 과감히 둘을 분리 시켰다. 그리고 은재는 이미 김은채에게 모든 사항을 며칠 전 에 직접 전달받았다.

"혹시 보라매에 있을 때, 거기 걸 그룹 애들 기억 나?"

한정연의 말에 지영은 고개를 끄덕였다.

기억나다마다. 이름과 가족 사항, 그리고 얼굴까지 똑같았 던 전생의 연인이 그 그룹에 속해 있었다. 그러니 기억을 못 할 리가 없었다.

'설마?'

인연이… 이어지는 건가?

"웅, 거기에 러시아랑 한족 혼혈이던 아이 있지? 이국적인 외모로 처음부터 인기가 좀 많았고, 그룹 해체 후 연기자로 전향했는데 꽤 잘됐거든."

정확히는, 한족(漢族)과 루스키예(русские) 혼혈이었다.

하지만 그게 중요한 건 아니었다.

"……"

피식.

지영은 그냥 웃고 말았다.

한정연이 말하는 상대 배우는 그녀였다.

조현(早現)의 연인이었던 매순(梅順), 그녀 말이다.

뭐, 같은 연예계에 있었으니 정말 기가 막힌 우연 정도까지는 아니었다. 하지만 이렇게 이어지게 될 거라는 예상은 전혀 하지 못했다. 그러나 거기까지였다. 가슴이 뛰거나, 그러지도 않았다.

'매순은 조현의 연인이었으니까.'

자신이지만 타인이기도 하다. 옛 과거의 자신이기 때문이었다. 지금은 그저 수많은 기억 서랍의 주인 중 한 명이었다.

"알아?"

"뭐, 대충은요. 근데 혼혈이면 조금 위화감이 있을 텐데……."

"한족이 피가 좀 더 강해서 아시아게 느낌이 세거든. 어렸을 때와는 이미지가 좀 달라지기도 했고. 그리 크게 위화감은 없을 걸?"

"그래요?"

"응, 여기 사진."

한정연이 내민 패드에 익숙한 얼굴이 떠올랐다. 지영이 보라매 건물에서 처음 봤던 매순은 어릴 적 모습이었다. 매순의 어릴 적 말이다. 그리고 지금은 조현과 이별할 때쯤의 모습이었다. 20대 후반, 망울졌던 꽃봉오리가 한껏 개화했을 때, 그때의 모습이었다. 이미지가 변했다고는 하지만 보니까 얼굴에 손을 댄 건 아닌 것 같았다.

꿈틀.

정말 오랜만에 서랍의 꿈틀거림을 지영은 느꼈다.

서랍의 주인은 매순을 극렬히 사랑했지만, 결국은 지키지 못했던, 그래서 그 벌을 스스로가 내려, 쓸쓸한 삶을 살다가 홀로 숨을 거두는 걸로 마지막을 장식했던 자, 조현이었다.

그런 조현의 반응이, 아니, 기억 서랍 자체의 반응이 너무 오랜만이었는지라 지영은 반가움에 웃고 말았다.

"왜, 예뻐? 흠흠, 하여간 남자들이란!"

"은재한테는 비밀입니다?"

"풉, 능글맞아졌다?"

"언젠 안 그랬나요? 하하, 것보다 확정은 난 거죠?"

"응. 정식 통보 받았어."

지영은 고개를 끄덕였다.

사실 매순이라고 해도 그리 불편할 건 없었다. 조현의 서랍이 덜컥거리긴 하겠지만 그 정도야 충분히 진정시킬 수 있었다. 그리고 애초에 조현은 폭군 이건처럼 난폭한 성향이 절대 아니었다.

이후에는 기술 시사회 일정에 대해 얘기를 했다.

광고 촬영도 있고 하니 그 이전엔 어렵고, 촬영 끝나고 이틀 후로 날짜를 잡기로 했다.

그렇게 일단 가장 먼저 상의해야 할 것들이 끝나자 시간은 어느새 점심시간이 다 되어 있었다. 김지혜에게 연락을 해보니 중간에 식당에서 점심을 먹고, 좀 쉬다 출발하면 오후 3시쯤 될 거란 답변을 받았다.

덕분에 시간이 나서 지영은 겸사겸사 시나리오를 읽기로 했다.

회사 메일로 들어온 수많은 시나리오와 아예 제본되어 우편으로 온 시나리오는 여전히 산이었다.

게다가 계약서까지 제시해서 일본이나 중국에서 섭외 요청한 건수도 상당했다.

특히 지영이나 회사 식구들을 놀라게 했던 건 일본에서 300억을 제시한 요청이었다. 하지만 영화가 전쟁 영화고, 지영에게는 어처구니없게 일본군 소좌(少佐) 배역을 아주 당당하게 제시하는 바람에 그대로 파쇄기로 직행했다. 하지만 이후 중국에서 무려 700억의 몸값을 제시했다.

700억이다.

과연 대륙다운 스케일이라 생각했다.

영화는 지영도 잘 아는 영화, '진링의 13소녀'의 리메이크 판이었다.

이건 지영을 좀 고민하게 만들었다.

지영에게는 다크 나이트로 유명한 크리스찬이 맡았던 '신부' 역을 부탁했다. 그래서 솔직히 좀 끌렸다.

돈 때문이 아닌, 배역 때문이었다.

하지만 이미 '피지 못한 꽃송이여'를 찍으면서 그 시대를 표현하는 영화가 얼마나 자신을 정신적으로 힘들게 하는지 아는지라, 지영은 거절하기로 마음먹었다. 하지만 한정연과 이성은이 일단은 킵해두자는 의견을 내서 '보류!' 라고 적힌 박스에 휙 날아가 처박혔다. 20개 정도의 시나리오가 거절 박스에 차곡차곡 쌓이자 어느새 3시가 다 되어갔다. 김지혜는 정확하게 2시 55분에 문을 열고 들어왔다.

그런 그녀의 뒤에는 처음 볼 때처럼 후드를 눌러 쓰고 동그랗고 커다란 안경을 쓴 임수연 수줍게 서 있었다.

어떻게 된 게 처음이랑 정말 변한 게 하나도 없어서 참 신기했다.

"수연아!"

한정연과 이성은이 반갑게 다가가 그녀를 안았다. 눈이 초롱초롱한 게 처음 볼 때 그녀를 꾸며보고 싶다고 할 때, 딱 그 얼굴들이었다. 아하하. 임수연은 애매한 웃음으로 둘이 끌어안는 걸 어정쩡하게 받았다.

워낙에 작은 체구인지라 165 후반의 키를 가진 둘의 가슴에 얼굴을 폭 박고 있는 모양새인지라 이번엔 웃음이 나왔다.

"누나, 그만해요. 수연 작가님 곤란하시겠네."

"안 그렇거든? 우리 수연이 내가 충주 가서 맛있는 것도 많이 사줬거든! 그치?"

언제 충주를?

한정연이 임수연을 향해 묻자 그녀는 고개를 끄덕이며 대답했다.

"아… 네, 네……."

뭔가 대답이 애매하지만, 그냥 넘어가기로 했다.

"일단 앉아요. 먼 길 왔는데."

"그래, 그러자. 수연아, 앉자."

뭔가 임수연이 배우가 되고, 지영이 소속사 사장인 것 같은 그림이 펼쳐졌다. 자리에 앉기 무섭게 김미연이 차를 내왔고, 웅크린 것 같은 자세로 찻잔을 손에 쥔 임수연이 사무실 여기저기를 두리번거렸다.

"좋다……."

작게 탄성을 흘린 건 덤이었다.

"오느라 고생했어요."

"아니에요… 헤헤."

지영이 말을 걸어주자 조금은 편한 얼굴이 되는 임수연이었다. 작가와 배우의 만남이지만, 그 이전에 배우와 팬의 사이기도 했다. 옅은 홍조를 띠고 있는 임수연에게 지영은 어제 읽은 시나리오를 슬쩍 내밀었다.

"정말 잘 봤어요."

"감사합니다……."

"전작인 '테러리스트'와는 또 달라서 이번 작품도 꼭 제가 하고 싶어요."

"에헤헤……."

지영의 칭찬에 바보처럼 웃음을 흘리는 임수연을 보며, 지영은 이 여자가 지금까지 맞은 사기는 몇 번일까… 이런 쓸데없는 상상을 해버렸다. 하지만 다시 본론으로 돌아가기로 했다.

"전처럼 혹시 바라는 감독님이 있으세요?"

"그게… 네."

"누군데요?"

"테츠야……."

"네?"

"나가시와 테츠야…… 감독이요."

"……."

임수연은 정말 생각지도 못한 이름을 꺼냈다.

나가시와 테츠야.

이름에서 알 수 있는 것처럼 일본 영화계의 감독이었다. 지영은 순간적으로 그 이름을 떠올리지 못해 머리를 팽팽 돌려야 했다.

'익숙한 이름이긴 한데… 누구였더라……?'

그리고 뭘 찍은 감독이더라?

한 번에 생각이 안나니 답답함이 엄습해 왔다.

"아, 생각났다! 고백!"

"고백요?"

"응, 아마 이 감독일 거야!"

한정연이 패드로 감독을 검색해서 보여줬다.

지영도 그제야 기억이 떠올랐다. 아마 초등학교 때였나? 그
때 영화 채널에서 해줬던 걸 재미있게 봤던 기억이었다. 물론
두 번은 안 봤다.

고백(告白).

이 영화는 정말 독특했었다.

어린 딸을 둔 여교사 주인공.

그 어린 딸이 어느 날 수영장에 빠져 죽었다.

범인은 반에 있었고.

주인공이 하나씩 딸이 어떻게 죽었는가를 고백하기 시작함
으로써 이야기는 시작된다.

여기까지 보면 여느 영화와 그리 큰 차이가 없다고 하겠지
만 전개 방식이 말했듯이, 엄청 독특했다. 특히 편집을 통해
전달하는 영상미는 압권이란 단어를 써도 무방할 정도였다.
게다가 일본 특유의 정서가 담긴 영화라 굉장히 자극적인 소
재들이 사용됐다.

에이즈.

가정불화.

이지메.

청소년 법.

그리고 성(性)까지.

이런 것들이 메시지로 변해 가감 없이 대중에게 강제로 전달된다. 그리고 이 영화는 감독도 감독이지만, 미츠 다카코라는 여배우가 가진 엄청난 연기력으로 극을 훌륭하게 이끌어가고, 그 뒤를 당시 천재 아역 배우라는 소리를 들었던 아사다 미나가 완벽하게 받쳐줬었다. 어쨌든 그만큼 영화는 독특하고, 환상적이었다.

"흠……."

지영은 문득 임수연의 안목이 대단하다는 느낌을 받았다. 사실 지영은 임수연이 쓴 시나리오를 맡아줄 감독을 떠올리지 못하고 있었다. 그런데 임수연은 한국이 아닌, 다른 나라에서 감독을 찾았다.

"저… 아, 안 될… 까요?"

임수연이 조심스럽게 물어오자, 지영은 바로 고개를 저었다.

"아니요. 안 될 게 있나요? 일단 제가 그쪽에 연락은 해볼게요."

"아… 감사합니다."

아마도 임수연은 이번 시나리오를 쓰는 순간부터 주인공역에 지영, 그리고 감독으론 나가시와 테츠야를 감독으로 점찍어 놓은 채 둘의 촬영과 편집, 그리고 연기를 머릿속에서 이미 떠올리며 썼을 가능성이 컸다.

"다른 주인공 역은 누구로 생각했어요?"

일단 감독은 나왔으니까, 이번엔 임수연이 생각한 배우들을 물었다. 아마 그녀의 머릿속엔 조연들은 몰라도, 극을 이끌고 갈 주연 넷을 이미 떠올려 놨을 것이다. 아니, 그들의 연기력을 바탕으로 이런 극을 썼을 것이다. 그중 한 명은 지영이니, 세 명 남았다.

"선생님 역할은… 황정만이요."

"아……."

조금은 투박하고, 촌스럽게 들리는 이름이지만 저 이름은 대한민국 영화계를 설명할 때 결코 빠질 수 없는 이름이었다.

옛날에 지영이 '리틀 사이코패스'를 찍을 때 함께 호흡을 맞췄던 김윤식, 그리고 최민석, 송강우와 함께 지영이 등장 전, 충무로를 완벽하게 장악하고 있던 배우들이다. 그중 황정만은 벌써 천만 영화를 10편이나 만들어낸, 대한민국 배우계의 거장이다. 연기 인생이 훨씬 길어서 지영보다 관객수를 더 많이 동원한 몇 안 되는 배우들 중 한 명이기도 했다.

"저, 안 될… 까요?"

지영은 순간적으로 선생 역에 황정만이 캐스팅되면 어떤 연기를 할지 떠올려 봤다. 선생 역할은 무겁다. 어쩌면 극에서 가장 무거운 연기를 해야 하는 게 그다. 연기력이야 이미 지영이 태어나기도 전에 검증을 받았다. 지영은 2009년생이고, 그 이전에 이미 대한민국 영화계 중심에서 활약했다.

문제는 그의 나이였다.

벌써 오십 중반을 넘은 나이다.

임수연은 선생 역을 설명할 때, 불혹을 갓 넘겼다는 문장을 넣었다. 그렇다면 선생은 이제 사십 초반이라는 설정인데, 나이 대가 너무 맞질 않았다. 하지만 그렇다고 거르기에는 그의 연기력이 너무나 끌렸다.

어떤 장르에 던져놔도 완벽하게 소화하는 그의 연기 스펙트럼은 가히 상상 이상이었기 때문이다.

"관리 좀 하시게 하면… 되지 않을까? 그리고 요즘은 분장 미술도 엄청 발달했으니까. 충분할 것 같은데?"

메이크업 담당인 이성은의 말에 지영은 고개를 끄덕였다.

"일단 시나리오 보내고, 의중을 물어보는 걸로 하죠. 그럼 남은 건 여주인공 둘이네요."

학창물이다.

따로 학원 로맨스라고 봐도 좋다.

그래서 여교사 역이 필요하고, 여학생 역이 필요했다. 물론 지영은 남학생 역이었다. 아직 이름은 정해지지 않아 지금은 남교사, 여교사, 남학생, 여학생 이런 식으로 주인공을 부르고 있었다.

"여교사 역은… 임수민이요."

"……."

"광화문 촬영 때… 몰래 가서 봤거든요……. 그, 그래서 그분 연기를 떠올리면서… 썼어요."

"그거 괜찮네요."

차라리 다행이었다.

임수민의 연기력?

말해 뭐 할까…….

그녀는 지영과 같은 존재였다.

무수히 많은 환생을 겪었고, 지영과는 조금 다르게 기억 서랍이 아닌 기억 창고 형태로 전생의 기억을 지니고 있었다.

'그런 여자에게 연기력을 논하는 것 자체가 말이 안 되지.'

이미 주조연 역이었던 '테러리스트'에서 보여줬던 연기만 해도 지영보다 나으면 나았지, 못하지는 않았다.

"음… 지금 연락해 볼게요."

지영은 바로 임수민에게 전화를 걸었다.

신호음이 서너 번 지나고, 나른한 임수민의 목소리가 들려왔다.

—네…….

"누나, 저예요."

—응, 알아…….

쭉쭉 늘어지는 임수민 특유의 목소리에 지영은 자고 있었
는지를 물었다.

—아니… 그냥 늘어져 있어. 웬일이야?

"작품 때문에요. '테러리스트' 말고."

—차기작?

좀 정신을 차렸는지 이제는 목소리가 또렷하게 들리기 시작
했다.

"네, 임수연 작가 신작이에요."

—아하… 어디야, 지금?

"사무실요."

—위치 찍어줘. 바로 갈게. 아, 가면서 보게 시나리오도 폰
으로 보내주고.

"네, 이따 봐요."

—응…….

마지막은 다시 늘어지려는 참인지, 목소리가 또 질질 끌렸
다. 전화를 끊자 임수연은 눈을 반짝반짝했다. 그리고 보니
두 사람의 이름이 끝에 한 단어만 달랐다. 생김새는 확연히
다르지만 어쩌면 두 사람도 제법 친해질 수 있을 것 같단 생

각이 들었다.

지영이 전화를 끊자 김미연이 바로 움직여 지영의 메일에서 시나리오를 다운받아 임수민의 폰으로 보냈다. 그리고 황정만의 소속사에도 정식으로 섭외 요청을 보내곤 다시 자리로 돌아와 앉았다.

그렇게 두 곳에 보내는데 총 오 분도 걸리지 않았을 정도로 빠른 일 처리였다. 그리고 그 시간 동안 다들 화장실을 가거나, 차를 준비하면서 잠시 휴식을 가졌다. 지영은 옥상으로 올라왔다. 들어오자마자 바로 옆에 흡연 부스로 들어갔다. 예전에 지영이 한번 몸을 날린 적이 있어, 시야를 가리는 용도로 만든 흡연 부스였다.

담배를 하나 피우고 탈취제를 뿌린 지영은 다시 사무실로 돌아왔다.

"마지막 여고생 역은요?"

자리에 앉자마자 지영이 묻자, 임수연은 이번엔 고개를 저었다.

"그 역할은 아직……."

"그래요?"

"네……."

"음……."

여고생 역.

지영이 맡을 남고생 역과 함께 가장 중요한 역할이다. 극의 흐름을 지영과 같이 이끌어가야 하니 호흡이 맞아야 함은 정말 당연했다. 그래서 더욱 아무나 뽑을 수 없는 자리이기도 했다. 보통 임수연은 극을 쓸 때 배역에 어울리는 배우를 전부 생각해 놓고 쓰는 스타일이다. 그래서 이번엔 좀 의외였다.

"당장 떠오르는 배우분이 없어서요……. 죄송합니다."

변명처럼 내놓은 임수연의 말에 지영은 고개를 저었다.

"아니요, 수연 씨가 미안해할 일이 아니죠. 지금부터 적당한 배우를 좀 생각하면 되니까 너무 신경 쓰지 말아요. 생각해 놓은 이미지는 있어요?"

"네, 조금요……."

"어떤 이미지요?"

"사연을 품은, 신비로운 아이 정도요."

"흠……."

그 정도로는 특정하기가 너무 힘들다.

대한민국에 그런 이미지를 갖춘 배우가 한둘이 아니기 때문이다. 근데 여기에 또 문제가 있었다. 여고생 역을 맡아야 해서 나이는 많아도 20대 중반을 넘겨서는 안 된다. 신비로운 모습을 포현해도, 여고생만의 느낌도 분명 같이 살려줘야 하기 때문이다. 울며 겨자 먹기로, 혹은 꿩 대신 닭 잡는 느낌으로 배우를 뽑아서는 안 되니 지영은 이 부분은 좀 더 신중하게 가기로 했다.

"그럼 일단 여기까지 하고, 수민 누나 올 때까지 각자 배우들 검색 좀 해주세요."

"그럴까?"

"네. 수민 누나 한 삼십 분이면 오니까, 그때까지 생각 좀 해보죠."

"그래, 그럼."

지영의 말에 각자 다들 자기 자리로 이동했다.

총총총, 임수연도 여분의 자리로 가자 지영은 독립된 자신의 공간으로 들어갔다. 지영은 검색 창에 스물 초반, 십 대 후반의 여배우들을 검색해 봤다. 한 번쯤은 TV에서 봤을 법한 배우들이 주르륵 검색 됐다.

하지만 안타깝게도 지영의 시선을 확 잡아 끄는 배우는 없었다. 게다가 조금씩 연기력 논란이 있던 배우들이 많았다. 솔직하게 말해 지영은 그런 논란이 있었던 배우를 쓰고 싶지는 않았다.

영화는 또 다르지만, 아마 자신이나 임수민, 캐스팅된다면 황정만과 함께 호흡을 맞춰야 하는데 그게 어디 쉽겠나? 잘못하면 셋의 기운에 짓눌려 본인 실력을 제대로 발휘도 못 할 가능성이 있었다.

그러니 연기력은 물론, 셋의 기운에도 눌리지 않을 단단한 마음을 가져야 함이 기본이라 지영은 생각했다.

"쉽지 않네……."

지금부터 빨리빨리 준비해야 가을에서 겨울 사이, 촬영에 들어갈 수 있기 때문에 좀 조급한 마음이 들었다. 연기력이 있으면 나이가 걸리고, 나이와 이미지가 맞으면 연기력이 걸리고, 계속 이런 상태였다.

"아예 신인이라도 뽑아야 하나……."

차라리 이러느니, 오디션을 보는 게 낫단 생각이 들었다. 혹시 아나? 거물급 신예가 발굴이 될지?

그런 생각에 마우스를 놓았을 때, 똑똑 노크 소리가 들렸다. 소리가 난 곳을 보니 한정연이 손가락으로 자신의 뒤를 휙휙 가리켰다. 그곳엔 빨리도 도착한 임수민이 문 앞에 서서 사무실을 두리번거리고 있었다.

지영은 바로 밖으로 나갔다.

"빨리 오셨네요?"

"응, 근데 누구야? 임수연 작가가?"

둘이 있을 때가 아니면 지영이 존대를, 임수민은 편하게 하기로 이미 말을 맞춘지라, 둘의 대화는 지극히 자연스러웠다. 임수민의 말에 임수연이 쭈뼛거리며 앞으로 나섰다.

"오… 러블리한 아이네?"

그렇게 말하고 다가간 임수민은 임수연을 가볍게 안아줬다.

"반가워요, 임수민이에요."

"아, 안녕하세요··· 소, 소설가 임수연입니다······. 그, 그리고 말 편히 해주세요······."

"후후, 그럴까?"

임수민은 임수연의 말에 바로 말을 놨다. 그러자 임수연은 임수민을 초롱초롱한 눈빛으로 올려다봤다.

"일단 자리에 앉아요. 앉아서 얘기해요."

"그래, 그러자."

지영의 말에 임수민은 임수연의 손을 잡아끌어 자신의 옆에 앉게 했다. 지영은 바로 본론을 꺼냈다.

"시나리오 봤어요?"

"응, 차 안에서 봤어. 재밌더라. 내가 맡을 배역은 여교사?"

"네, 어때요? 할래요?"

"해야지. 그런 배역이라면, 후후."

임수민은 단박에 수락하곤 가벼운 미소를 입가에 그렸다. 그러곤 임수연의 머리를 한번 쓰다듬어 주고, 다시 입을 열었다.

"배급사랑 투자사는 뭐, 걱정 안 해도 될 거고, 다른 주인공 역은 누가 맡아? 남학생은 지영이 네가 맡을 거고, 그럼 남교사랑 여학생 역은?"

"남교사 역은 황정만 배우님요."

"정만 오빠?"

"네, 좀 알아요?"

"그럼, 친하지."

"그래요? 일단 시나리오랑 같이 보내봤어요."

"내가 이따가 통화 한번 해볼게. 그럼 여학생 역은?"

"그게, 마땅히 떠오르지가 않아서 오디션을 볼까 생각 중이에요."

아직 다른 사람들의 의견을 듣진 못했지만, 지영은 오디션으로 가닥을 잡았다.

"오디션이라……. 일단 내가 추천하고 싶은 애가 있는데. 걔부터 한번 만나볼래?"

"그래요? 누군데요?"

"있어. 아직 알려지지 않은 애라서 말해도 모를 거야. 내가 일주일에 한 번 강의 나가는 대학교 학생이거든. 이제 일 학년이니 나이도 문제는 없을 거야."

"오호……."

배우가 있다면 굳이 오디션은 필요가 없었다.

그리고 추천하는 사람이 다른 사람도 아니고 임수민이다. 안목만큼은 지영과 비교해도 절대 손색이 없는 임수민이 추천할 만한 배우면 충분히 믿음이 갔다. 지영은 예상치 못한 곳에서 도움을 받게 되어 참 다행이란 생각이 들었다.

"슬슬 수업 끝날 시간이니까, 바로 불러볼게."

"네, 그래주세요."

쇠뿔도 단김에 빼랬다고, 지영은 가능하면 오늘 전부 정리를 해놓고 싶었다. 그런 지영의 마음을 알아챈 건지, 임수민은 바로 폰을 꺼내 어딘가로 전화를 걸었다.

chapter58
서원

임수민의 연락을 받은 학생은 1시간 뒤에 사무실에 도착했다. 혼자 오는 건 창피했는지 친구 한 명과 같이 온 그녀는 사무실을 두리번거리다가 지영을 보곤 거의 석상처럼 굳었다. 그 솔직한 반응에 픕! 다들 웃음을 터뜨렸다.

"우와……."

"대박……."

두 친구 모두 지영을 보고는 깜짝 놀라서 눈만 껌뻑거렸다. 지영은 그런 두 친구의 모습에 피식 웃고는 임수민을 보며 물었다.

"말 안 했어요?"

"응, 서프라이즈?"

피식.

임수민도 가만 보면 짓궂은 데가 있었다. 그녀들은 임수민을 손을 흔들고 나서야 정신을 조금 차렸다.

"안녕하세요, 강사님!"

"교수님, 안녕하세요!"

마치 기합이 잔뜩 든 운동부 신입생처럼 고개를 90도로 숙이며 인사를 하자 임수민은 손을 휘휘 젓고는 소파로 오라고 했다. 쭈뼛거리며 다가온 그녀들은 임수민의 옆에 조심스럽게 앉았다.

사회 초년생도 아닌, 이제 갓 대학생이 된 두 사람이다. 임수민의 설명으론 아직 정식으로 데뷔도 안 했으니 이런 자리가 익숙할 리가 없었다. 지영은 두 사람에게 인사를 하려는 찰나, 눈을 반짝이는 임수연 때문에 또 피식 웃을 수밖에 없었다. 그녀의 시선은 한 학생에게 완벽하게 고정되어 있었다.

몽롱하게 풀려 있는 게 마치 꿈에 그리던 이상형을 만난 눈빛이었다. 지영은 그녀의 눈빛이 고정되어 있는 여대생에게 시선을 돌렸다.

'머리는 어깨까지 기른 차분한 스타일에 쌍꺼풀이 없는 수수한 눈, 적당히 도톰한 입술에 적당히 오뚝 선 콧대. 전형적

인 한국형 미인.'

크게 특징이랄 게 없는 외모였다.

하지만 지영은 그녀에게서 뭔가 일반인과는 다른 것을 어렴풋이 느낄 수 있었다. 아니, 보면 볼수록 확실히 느껴지고 있었다.

'분위기가… 뭐 이래?'

처음 지영을 봤을 때는 확실히 놀란 모습이었다.

그래서 어떤 감정을 품었는지, 어떤 생각을 하는지를 대충은 알 수 있었다. 그러나 지금 감정을 수습한 그녀에게서는 어떤 것도 느껴지지 않았다.

피식.

'이럴 수도 있나?'

완벽하게 가라앉은 눈동자.

호기심은 증발했고, 당황도 그 증발 속에서 같이 증기가 되어 흩어져 버렸다. 요즘 많은 일이 있었던 지영의 감각은 예민하다 못해 시리도록 날이 서 있다. 그래서 웬만한 눈이나 말 속에 깃든 분위기, 감정 등은 거의 90% 넘게 유추할 수 있었다.

하지만 임수민이 불러온 이 여대생에게서는 그런 기색이 하나도 느껴지지 않았다. 그래서 신기했다.

'이런 스타일을 못 만나본 건 아닌데… 이제 고작 스물인데?'

재수를 하지 않았다면 분명 자신과 동갑일 게 분명했다. 외모로 보아 재수를 했다고 해도 몇 살 차이 나지 않는다.

그런데 이 정도로 완벽하게 감정을 컨트롤한다?

그것도 지영에게까지 숨길 수 있을 정도로?

지영은 임수민이 왜 이 여대생을 추천했는지 깨달았다. 임수연이 왜 저렇게 흥분한 눈빛으로, 열망이 가득한 눈빛으로 여대생을 바라보는지도 알 수 있었다.

'아마, 아주 최적의 소재를 찾았기 때문이겠지.'

그리고 느꼈을 것이다.

나이는 제법 차이가 나지만, 비슷하지만 전혀 다른 분야의, 그러나 연결되어 있는 직업을 가진 천재를 말이다.

스타일은 정반대다.

여대생은 들어왔을 때 신장을 봐도 대략 165 정도고, 임수연은 그보다 10㎝는 작다. 외모도 마찬가지다. 수수한 한국형 미인인 여대생이고, 임수연은 동글동글해서 확실하게 러블리한 외모다.

그러나 같은 게 있다면 둘 다 천재라는 것.

지영은 알 수 있었다.

이 여자의 연기를 안 봐도 어떤 식의 연기를 펼칠지.

'틀에 갇혀 있지 않은 깨끗한 도화지라……'

피식.

지영은 생각을 여기서 정리했다.

"누나, 언제까지 가만있을 거예요?"

"아, 미안. 수연이 반응이 귀여워서. 인사해. 이쪽은 서원, 이쪽은 김주희."

서원.

지영이 인상 깊게 봤던, 임수연이 눈을 반짝이고 바라보는 여대생의 이름이었다. 여성의 이름치곤 꽤나 중성적인 느낌이 강한 이름이었다. 그러나 그래서 이상하게 잘 어울리기도 했다. 임수민은 이어서 한정연과 이성은을 비롯한 사무실 직원들을 소개해 줬다.

소개가 끝나고 막 지영이 입을 열려는 찰나, 단조로운 기본 벨소리가 울리기 시작했다.

"아, 미안. 정만 오빠네."

짧게 사과를 하고 전화를 받는 임수민.

─에헤이, 브라더!

"그냥 평범하게 불러주면 좋겠는데요?"

피식.

스피커폰도 아닌데 건너편에서 넘어오는 목소리가 저 사람이 누군지 단박에 유추할 수 있을 정도여서, 전체가 피식 웃고 말았다.

─어쩐 일이여, 니가 연락을 다하고?

"사무실에 메일 보내놨는데, 아직 연락 못 받았어요?"

─아까 오긴 했는디, 지금 낮술 중이여!

피식.

술 먹느라 연락을 안 받았다는 소리였다.

이미지와 너무 잘 맞아떨어져서 오히려 신기할 정도였다. 그리고 영화에서 보여주던 그 능청이 괜히 사람을 실실 웃게 만들었다.

"술 많이 먹었어요?"

─대충 적당히 먹었지! 안 그래도 마눌님이 하도 잔소리혀서 슬슬 집에 갈까 생각 중었거덩! 너 어디여! 가는 길 근처면 들르게!

"여기가… 일단 주소 찍어서 보낼게요."

─그려! 연락허게!

뚝.

전화를 끊은 임수민은 고개를 절레절레 저었다.

황정만의 마이 페이스에 진이 빠져나가는 게 보이는 것 같았다.

"후우, 그럼 얘기를 계속해 볼까? 근데 그 전에… 좀 쉬자. 화장실도 가고 싶고. 서원이랑 주희는 시나리오 줄 테니까 보고 있어. 괜찮지?"

갑작스러운 휴식 선포에 후아, 하고 여기저기서 한숨이 흘러나왔다. 반기는 것 같기도 하고 아닌 것 같기도 한 애매한 한숨들이었다. 지영은 여기서 끊어가는 것도 나쁘지 않겠단 생각도 들었다.

어차피 시나리오를 보고 대화하는 게 더 편하기 때문이다.

지영이 고개를 끄덕이고 일어나자 각자 다들 편하게 휴식을 하러 갔다. 지영은 화장실에 갔다가 옥상으로 올라왔다. 그런데 선객이 있었다.

서원.

그 여대생이었다.

휘잉.

이제 여름의 시작이라 뜨뜻함을 가득 품은 바람이 옥상을 스치고 지나갔다.

"…그래서?"

그리고 그녀가 연습하는 대사가 띄엄띄엄 귓속으로 들어왔다. 목소리에 깃든 감정도 같이. 지영은 그 자리에서 입에 담배를 꺼내 물었다. 거리가 제법 있으니 담배 냄새로 저 집중을 깨진 않을 것이다.

빙글, 한 바퀴 수줍게 돈 서원은 살짝 뒷짐을 진 채로 무릎을 굽혔다.

"나, 안 좋아해 줄 거야……?"

사알, 짝. 늘어지는 말투.

여고생 특유의 말투였다.

느리지도, 빠르지도 않지만 굳이 한쪽을 선택하라고 한다면 느리다로 분류될 말투. 특징을 벌써 제대로 짚었다.

'이런데도 데뷔를 안 했다는 건……'

지영은 아까 전에 이미 깨달았다.

분위기를 잡을 수 없는 그 시점에서 말이다.

'만족할 만한 작품이 없었다는 건가……'

그것도 본인 스스로가 말이다.

대충 그저 그런 작품으로 커리어를 시작하고 싶지 않았을 것이다.

'도대체 얼마나 자신의 연기에 자신이 있으면?'

노력형 천재.

게다가 스스로의 재능을 이미 깨달은 상태이다.

임수민이 그저 그런 학생을 추천하지 않으리란 건 이미 알고 있었지만, 이런 전개는 지영이라도 예상 외였다.

겉으로 뿜어내는 분위기만으로 천재, 임수연 작가의 마음을 단박에 사로잡았다. 그 정도로도 이미 서원의 가치는 증명이 된 것이나 다름없었다. 서원의 연기는 계속됐다. 변하지 않는 표정. 그러나 감정이 담긴 대사. 한낮의 태양 아래 펼쳐지는 서원의 연기는 지영이 보기에도 빛이 났다.

세상은 넓다.

자기보다 뛰어난 사람은 어딘가에 분명히 존재한다고, 주로 자만심을 가진 이에게 해주는 이 말은 아주 많은 분야에서 쓰인다. 그 분야에 이쪽, 연기 쪽도 당연히 있었다. 누누이 말했지만 지영이나 임수민은 천재가 아니었다.

사람들의 눈에는 그렇게 보이겠지만 둘은 실제 '경험'이 섞인 '기억'을 바탕으로 연기를 한다.

그러니 분명 천재는 아니었다.

그러나 서원, 저 사람은 아니었다.

그냥 타고난 천재.

연기가 아니라도, 감정을 섬세하게 연주하는 직업이라면 뭐든 두각을 나타냈을 준비된 배우였다.

"어."

연기를 끝낸 서원이 지영을 보고 멈칫했다.

처음 지영을 봤을 때와는 다르게 이번엔 정말 담담한 눈빛으로 시선을 마주쳐 왔다. 그건 곧 적응이 빠르다는 뜻이었다. 애초에 걱정했던, 대배우들 앞에서 잡아먹히지 않을까 하는 고민도 이걸로 해결되었다는 걸 알았다.

"봤어요?"

친근하게 질문까지 해오는 걸 보니 100% 확실했다.

"네."

"어땠어요?"

피식.

지영은 대답 대신 박수를 쳤다.

그러자 서원은 입가에 아주 희미한 미소를 그려 넣었다. 기쁘기도 할 텐데, 저 정도로 감정을 통제한다. 이번엔 반대로 지영이 물었다.

"시나리오는 어땠나요?"

"다행이에요. 임수민 교수님 말 믿고 기다리기를 말이에요. 언제고 좋은 작품이 들어올 거라고. 그때까지 기다리라고 그러셨거든요, 교수님이."

"……."

"물론 제 의지도 있었어요. 가능하면… 환한 빛을 받으면서 시작하고 싶다. 이런 마음이 있었어요. 아니, 누구에게나 다 있으려나……."

좋은 작품을 보는 안목도 있었다.

지영은 깨달았다.

굳이 임수연 작가 신작이 아니더라도 서원은 언제고 무수히 많은 스포트라이트를 받으며 데뷔했을 것이고, 끝없이 성장해 나갔을 것이라고.

그런 배우를 지영은 먼저 선점, 작품을 같이 찍을 수 있어 다행이란 생가이 들었다.

지잉, 지잉.

전화가 왔다.

"네, 어. 벌써요? 알았어요. 지금 내려갈게요."

지영은 전화를 끊고 서원을 바라봤다.

"내려가요. 황 배우님 오셨다네요."

"네."

서원이 먼저 시나리오를 품에 꼭 안고 내려갔고, 지영은 피우던 담배를 마저 피우고, 탈취제를 뿌린 뒤 사무실로 돌아갔다. 안으로 들어가자 예전에 영화 '새로운 세계'에서 봤던 장첸이 있었다.

"헤이, 브라더!"

다리를 꼬고 까닥거리던 그가 벌떡 일어나 지영에게 다가와 손을 내밀었다. 피식, 솔직히 이 정도면 예의가 없다고 해야 맞는데 이 사람이 이러니, 이게 너무나 자연스러워서 그런 생각이 조금도 들지 않았다.

내미는 손을 조심스럽게 잡았더니, 와락! 하고 그는 지영을 끌어안았다.

"에헤이, 손만 잡음 쓰나! 와하하! 내 얼마나 니 보고 싶어 했는지 아냐?"

"음……."

담배 냄새에 똑같이 올라오는 알코올 냄새. 물론 심한 정도는 아니었다. 붉게 상기된 얼굴이지만 지영은 사실 황정만이

술을 얼마 안 마셨다는 걸 알 수 있었다.

'하여간 참……'

유해준도 참 독특한 캐릭터였는데, 이 남자도 만만치 않은 캐릭터였다. 그리고 주변을 유쾌하게 만드는 마이 페이스는 지영도 꽤나 신선했다.

"아… 선배님, 이제 좀 놓아주셨으면……"

"와야, 음머 미안혀!"

헤벌쭉 웃으며 지영에게서 떨어진 그는 다시 지영에게 손을 내밀었다. 지영은 가만히 그 손을 보다가, 마주 내밀어 잡았다. 그러자 씩 웃은 그가 입을 열었다.

"겁나 반갑다, 나 황정만이여."

"안녕하세요, 선배님. 강지영입니다."

"알지, 알어. 배우 강지영이. 니 모르는 사람이 울 나라에 있겠냐, 으하핫!"

굉장히 유쾌한 사람.

지영이 지금까지 느낀 감정이었다.

"오빠, 이제 좀 앉아서 얘기할까요? 정신 사나워 죽겠네."

"음머, 우리 수민이 지금 내한테 짜증 내는겨?"

"오빠."

"아따, 알았다. 알았어. 앉으면 될 거 아녀. 우리 강 배우, 앉자고."

"하……."

임수민이 한숨과 함께 고개를 절레절레 저었고, 지영은 그냥 피식 웃고는 자리에 앉았다. 그런데 앉자마자, 황정만은 또 신기한 목소리로 입을 열었다.

"와따, 이 신기한 기집애는 또 뭐여?"

그의 시선은 역시나 서원에게 고정되어 있었다.

요즘 시대에 기집애라니.

잘못했다간 큰일 날 말이다.

그 단어 자체가 계집아이의 방언으로 여자아이를 낮잡아 부르는 말이기 때문이다. 그런 걸 황정만이 모를 리가 없는데도 그냥 대놓고 툭 던져 버렸다.

"하……."

폐부 깊은 곳에서 흘러나온 임수민의 한숨이 있었지만 싱글싱글한 표정으로 황정만은 서원에게 시선을 고정하고 있었다.

"어디서 또 이런 게 나왔댜? 와따……."

황정만은 신기하게도 서원을 보는 것만으로도 지영이 느꼈던 것을 알아챘다. 지영처럼 환생의 삶을 경험으로 가진 것은 아닐 테니, 이른 바 연륜의 힘이라고 할 수 있었다.

"이 바닥에서 본 적은 없는 얼굴이고, 신인이여?"

"안녕하세요. 서원입니다."

이번 인사에는 지영을 처음 봤을 때처럼 놀라는 기색이 조금도 없었다. 오직 그녀의 분위기만 물씬 담긴 담백한 인사였다. 그런 서원의 인사를 황정만은 눈을 껌뻑이면서 보다가, 피식 웃었다.

"역시 옛날이랑은 달러. 우리 땐 구르고 굴러야 좀 연기하는 놈 맛이 났는데."

옛날을 회상하는지 그의 얼굴에는 아련함 감정이 잠시 피어났다. 하지만 그것도 잠깐이었다. 그 아련함을 재미난 놀이를 찾은 아이 같은 얼굴로 바꾼 그가 상체를 벌떡 세웠다.

"시나리오 나온 거 있제? 좀 줘봐. 후딱 읽고 올라니까."

"여기요."

임수민이 손에 든 대본을 건네자 그는 바로 밖으로 나갔다. 조용한 곳에 가서 읽을 생각인 것 같았다.

"뭔가, 바람 같으신 분이네……."

한정연이 지친 표정으로 한 말에 모두가 동의하는지 고개를 끄덕였다. 지영도 그녀의 말에 동의했다. 아까도 생각했지만 그는 유해준과는 다른 유쾌함이 있었다. 동네 양아치처럼 건들거리는 행동거지를 보였지만, 그게 이상하게도 불편하게 다가오진 않았다. 아마 이 바닥에서 구르며 몸에 장착한 특유의 기질 때문인 것 같았다.

"그보다 어때?"

임수민이 본론을 꺼내 들었고, 지영은 생각을 조금 틀어 그를 배역에 맞춰봤다. 생각해야 할 건 몇 가지 안 됐다.

그가 배역에 어울리는가.

연기력이야 어차피 의심의 여지가 없을 정도로 엄청난 배우다. 문제는 그의 이미지, 그리고 외모였다.

"일단 나이 든 이미지가 그렇게 세진 않아서 괜찮겠던데요?"

요즘 관리를 좀 하는지 자글자글한 이미지를 생각했는데 그것보단 훨씬 말끔했다. 아무래도 너무 나이 든 티가 나면 맡을 수 있는 배역에 한계가 있으니 관리를 좀 받는 것 같았다. 일단 보기에는 50대 초반 정도였다. 그러니 좀 더 관리를 하고, 메이크업을 받으면 충분히 40대 선생님 배역에 맞는 외모가 될 것 같았다.

황정만이 배역을 수락하면 일단 주연 배우 네 자리는 전부 준비가 끝난다. 지영은 일사천리로 일이 진행되어 다행이란 생각에 안도의 한숨을 쉬었다. 본래 캐스팅이라는 게 이렇게 쉽게 끝나지 않기 때문이다. 물론 아직 황정만이 오케이 사인을 준 건 아니지만, 그의 반응으로 보아 거절할 것 같진 않았다.

"이제 뭐가 남… 아! 감독!"

'아, 맞다……'

한정연의 외침에 지영은 잊었던 것 하나를 깨달았다. 아직 감독을 못 구했다. 하지만 이 경우는 좀 특별했다. 한국인 감독이 아닌 일본인 감독을 임수연 작가가 생각하고 있었다. 그래서 의견을 조율해 볼 필요가 있었다.

피식.

이성은의 웃음에 지영이 왜 그러냐는 표정으로 바라봤다.

"아니, 그냥 웃긴 게 본래는 감독이 배우를 캐스팅하잖아?"

"뭐, 일반적인 경우야 그렇죠."

"그런데 지금 우리는 배우를 먼저 모아놓고, 감독을 마치 배우 캐스팅하듯이 생각하고 있잖아? 그게 너무 웃겨서. 그리고 우리 사장님이 참 대단하구나 싶기도 하고."

피식.

이번엔 지영이 웃었다.

이성은이 웃을 만했다. 확실히 보통 영화 제작은 감독이 시나리오를 들고, 배우를 모집한다. 영화 몇 편 찍으면 보통 감독의 '사단'이라 불리는 촬영 팀이 있으니 배우들과 세부적인 안건 몇 개만 해결하면 바로 시기에 맞춰 촬영에 들어간다.

투자야 배우 캐스팅과 거의 동시에 이뤄지니 문제될 것도 없었다. 근데 지영은 그 정반대였다.

촬영 팀, 투자처는 아예 염두에도 안 두고, 먼저 배우부터 뽑았다. '테러리스트'에서는 감독을 먼저 뽑았지만 이번엔 아예 배우부터였다.

"감독은 누구로 할 생각이야?"

임수민은 아직 모르고 있었다.

"나가시와 테츠야 감독이요."

"음… 고백이랑 선행 감독?"

선행은 못 봤지만 지영은 고개를 끄덕였다.

"누구 생각이야?"

"저기, 임 작가님 의견이에요."

"아아… 대충 편집이 어떻게 될지 감이 잡히는걸?"

"그렇죠?"

워낙에 독특한 영상미를 고집하는 테츠야 감독이라, 지영
도 임수민의 말에 동의했다. 지영은 서원을 바라봤다. 이제는
완벽하게 적응했는지, 자신의 앞에 놓인 차를 정말 담백한 표
정으로 감정을 읽히지 않는 선에서 마시고 있었다. 아니, 즐기
고 있었다. 여유가 상당히 넉넉한 모양이었다.

옆에 같이 온 친구 김주희도 제법 여유를 찾았다. 하지만
아직까지 지영과 임수민을 힐끔거리는 게 긴장과 신기함이 반
반씩 적당히 남아 있는 모습이었다. 여학생 역에 항상 붙어
있는 여학생 친구A 역이 있는데, 지영은 그 배역의 주인도 이
미 결정이 난 기분이 들었다. 캐스팅 전권까지는 아니더라도,
웬만하면 배역을 임수연에게 결정하도록 둔다. 그리고 지금
계속 시나리오와 김주희를 힐끔거리는 그녀의 모습을 보니 더

욱 확신이 들었다.

20분쯤 이런저런 얘기를 하며 기다렸을 때였다.

자동문이 위잉! 거리는 소리와 함께 황정만이 안으로 들어섰다.

"뭐여, 왜들 그리 쳐다봐? 사람 남사스럽게."

피식.

"됐고, 얼른 앉기나 해요. 후딱 결정하고 저녁이나 먹으러 가게요."

"그랴. 저녁은 먹어야겠지? 안 그래도 안 온다고 지랄지랄하는 여편네한테 강 배우 만난다니까 오늘 외박해도 된다고 하더라고. 이런 날 또 없으니 달려줘야겠제?"

흐흐, 술 생각에 군침을 흘리는 황정만이 지영의 옆에 앉고는 시나리오를 테이블에 툭 던졌다.

"이거 누가 쓴 거여? 내가 시나리오는 진짜 수만 개를 봤어도 이런 스타일의 시나리오는 첨 보는데."

"내 옆에, 이분이 썼어요. 인사해요. '테러리스트' 작가이기도 하고, 이번 작품 시나리오를 쓴 임수연 작가."

"워매, 반갑구먼. 난 하도 조용해서 배우인 줄 알았네, 그랴."

"아, 안녕하세요……."

모기 소리가 떠오를 정도로 소극적인 인사에 황정만은 푸

핫, 하고 웃었다.

"글은 전쟁처럼 쓰는 아가씨가 성격은 또 정반댄겨? 여긴 뭐 이려? 다들 그냥 아주 정상인 사람들이 없네."

"그런 건 좀 넘어가고. 어땠어요?"

"어떠긴 뭐가 어뗘. 졸라게 재밌었지."

"콜?"

"무조건 콜이제. 그럼 주연 자리는 다 찼겨? 여기 강 배우가 남학생, 저기 저 친구가 여학생일 거고, 남교사가 나, 여교사가 수민이 널 거 아녀."

"네, 맞아요."

"흐미, 배우부터 이렇게 모이는 영화가 다 있냐. 내 영화 인생 삼십 년 넘게 했지만 이런 경우는 또 첨이여. 그럼 감독은 누구여?"

감독.

영화에 배우만큼이나 중요한 세 가지 요소를 꼽으라면 아마 많은 사람들이 배우, 감독, 그리고 시나리오라고 할 것이다. 그중 두 개가 이미 결정이 난 상황이니, 마지막 퍼즐을 맞춰봐야 할 때였다.

"나가시와 테츠야 감독으로 생각하고 있습니다."

"꼬우, 꼬우, 꼬백? 그 감독?"

뭔 추임새가 저렇게 많이 들어가는지… 게다가 혀를 잔뜩 굴렸지만 알아듣기엔 무리가 없었다.

"네."

"특이한 감독을 꼽았네……. 그것도 저기 수줍은 작가님 생각인겨?"

"네, 임 작가님 생각입니다."

"흐음, 그려……."

이번엔 진지하게 생각에 잠기는 황정만을 보며, 지영은 잠시 기다렸다. 그 감독의 영화는 지영도 잘 안다. 아주 확실하게 기억에 남아 있는 영화였기 때문이다. 하지만 그걸로 무조건 감독을 테츠야로 결정할 순 없었다.

배우와 감독의 커뮤니케이션은 영화에 지대한 영향을 끼친다. 그리고 그 커뮤니케이션에 언어와 배우의 성향은 절대적이다.

대화야 지영 본인이나, 임수민이 해결해 주면 되지만 둘 다 연기를 해야 하는 입장에서 언제고 그래줄 수는 없었다. 통역을 쓴다고 해도 마찬가지였다. 언어란 참으로 오묘해서, 특히 한국어는 더욱 심해서 토씨 하나 똑같이 전달되지 않고서야 그 안에 깃든 감정을 전부 제대로 캐치하기는 참 힘든 법이었다.

"나쁘지는 않는 것 같구먼. 연락은 혔어?"

"결정 나면 해야죠. 그러기 위해 우리가 모여 있는 거고."

"그려? 위매, 내 의견도 들어주는거?"

"그럼 한국 영화판에서 배우 황정만을 무시하겠어요?"

"위매, 수민이 니가 날 띄워주고. 오늘 뭔 날이냐."

또 그 순간을 참지 못하고 임수민을 툭툭 건드리는 걸 보곤 지영은 피식 실소를 흘렸다. '테러리스트' 때는 육체적으로도, 정신적으로도 힘들었지만 유해준이 있어 그럭저럭 괜찮았는데, 이번엔 황정만이 그 역할을 해줄 거라는 생각이 들었다.

"나는 뭐, 괜찮어야. 내가 쪼까 일본 놈들 말도 할 줄 알고."

"그럼 오빠는 오케이?"

"오예스, 오케이."

엄지와 검지를 말아 눈을 찡긋하며 대답했지만, 귀여움이라 곤 조금도 없었다. 그렇게 사람들에게 으엑! 하는 감정을 만든 황정만이 자리에서 일어났다. 벌써 가는 건가? 하는 생각이 들었지만, 그건 아니었다.

"그래도 확인은 해야 쓰것제?"

적당한 공간으로 걸어 나간 그는 서원을 보며, 손가락을 까 닥였다.

"드루와, 드루와."

그의 명대사 중 하나가 예상치도 못했던 순간에 터졌다. 오 오. 신기함도 잠시, 모두의 시선이 서원에게 몰렸다. 그의 행동 과 말의 의미는 아주 명확했다. 주연 배우 여학생 역을 맡을 서원의 실력을 한번 테스트해 보겠단 뜻이었다.

지영은 그녀의 연기를 짧게나마 봤다. 그래서 인정했다. 임수민은? 그녀가 직접 가르쳤다. 그러니 그녀도 안다. 하지만 황정만은 모른다. 그래도 좀 더 확인할 생각이었기 때문에 지영은 말리지 않았다.

그녀가 제대로 대사를 주고받는 모습이 궁금했기 때문이었다. 서원이 자리에서 일어나 조금은 쭈뼛거리는 걸음으로 그의 앞에 가서 섰다. 힐끔 봤지만, 표정은 여전히 담백해서 어떤 생각을 하고 있는지 파악하기 어려웠다.

지영은 자신의 눈을 피하는 '일반' 사람을 정말 오랜만에 만나서 가슴이 두근거렸다. 물론 이성으로 생각해서 나온 두근거림은 아니었다. 당연히 신기함 때문이었다. 서원이 앞에 서자, 황정만은 그녀를 빤히 바라봤다.

"시간 필요허냐?"

"네? 아니요. 괜찮습니다."

시간이란 아마 연기에 몰입할 수 있는 시간을 말한 것 같았다. 황정만 입장에서는 나름 배려라고 해준 제안이지만, 서원은 그 배려를 깔끔히 걷어찼다. 대답을 들은 황정만이 피식 웃었다.

"그럼 뭐더냐. 안 들어오고."

"네."

후… 우.

후… 우.

두어 번 심호흡을 크게 한 서원이 담백한 표정에 짜증을 담기 시작했다. 거기서 조금 더 시간이 지나자 올라왔던 짜증에 귀찮음까지 덧씌워지기 시작했다. 그리고 그걸로 준비가 끝났는지, 서원의 입이 천천히 열렸다.

"샘이 뭔데 나한테 이래라저래라 참견이에요?"

"야야……."

"내 인생! 내가 내 맘대로 하겠다는데……! 샘이 뭔데 지랄이냐고!"

히스테릭이 가득한 앙칼진 고함이 뾰족하게 울렸고, 황정만의 눈에서는 벌써 굵은 눈물이 뚝, 뚝뚝 떨어지기 시작했다.

그러나 그 앙칼지고, 짜증 가득한 외침이 끝나는 순간 서원의 눈꼬리가 파르르 떨렸다. 그 떨림에는 짙은 불안감을 감추고 있었다. 드러내고 싶지 않다. 들키고 싶지 않다. 이 사람은 싫어. 이 사람이 보는 건 정말 너무 싫어. 알아채지 마. 더 이상 말하지 마. 나를 내버려 둬. 내 인생을 그냥! 그냥 내버려 둬!

오만가지 감정이 눈빛 속에서 춤을 추고 있었다.

저런 감정을 단순히 연기로 보여주는 게 얼마나 힘든지 아는 사람은 알 것이다. 그런 게 아무나 가능했다면 세상에 연기 못하는 연기자는 절대로 없을 것이다. 그리고 대배우라고 불리는 연기자도 없을 것이다.

옛날은 연극으로 구르고 구르면서, 아니면 타고난 자질로 연기를 하는 이들이 많았다면 지금은 배우를 양성하는 전문적인 학교와 아주 세밀한 교육 프로그램이 있었다. 그래서 옛날보다 기존의 연기력은 올라갔다고 하더라도, 지금 서원이 보여주는 정도를 저 나이 대에 펼치기란 굉장히 힘들었다.

"와……."

스무 살이 되던 때부터 연기 판에서 메이크업 보조로 뛰었던 한정연이 서원의 연기에 탄성을 흘렸다. 다른 사람들도 마찬가지였다. 연기를 보는 눈은 거의 대동소이하다. 얼마나 표현해야 하는 상황을 자신만의 느낌, 감정으로 관객, 대중에게 정확하게 전달하느냐, 이게 주 포인트였다.

근데 그걸 지금 여기 있는 모든 사람이 공통된 감정을 느낀다는 건 서원의 대사, 상황 전달력이 엄청 뛰어나다는 의미였다.

지영이야 이미 옥상에서 봤기 때문에 별로 놀라진 않았지만, 그녀의 연기를 처음 보는 사람들은 다들 엄청 놀랐다. 그리고 다들 궁금했을 것이다. 지영은 내색하지 않았지만, 황정만이 보는 순간 놀란 이유가 뭔지 말이다.

그녀의 연기는 보는 순간, 좌중을 끌어당기고 흡수하는 마력이 있었다.

서원의 흔들리는 눈빛.

황정만의 애처로운 눈빛.

이 두 가지가 지켜보는 객의 호흡을 빼앗았다.

대사를 잊은 건가? 아니다. 시나리오상 원래 저렇다. 짧은 대화 뒤에 저렇게 서로가 다른 감정으로 대치하는 게 원래 맞았다. 임수연은 저 장면에서 최대한 많은 감정을 전달하고 싶어 했다.

두 사람의 관계는 애매하지만, 명확하다.

한 사람은 저렇게 애처롭고, 한 사람은 저렇게 불안함과 적대적인 걸 생각하면 답은 딱 나온다.

아버지와 딸.

물론 그 이전에 이혼한 전처의 딸이라는 전제가 붙는다. 이러한 관계는 극의 흐름 중 하나를 아주 불안하게 이끌어간다. 그리고 임수연의 노림수 중 하나라고 봐도 좋았다. 두 사람의 관계는?

파멸인가.

행복인가.

어떻게 끝날 것인가.

그래서 여학생 역의 연기력이 엄청 중요했다. 심장을 저릿하게 만드는 마력을 과연 제대로 전달할 수 있을 것인가. 말했듯이 이게 키포인트였기 때문이다.

"여까지만 허자."

황정민이 먼저 연기를 풀었다.

"후우, 후우……. 네, 고생하셨습니다!"

그러자 서원이 크게 심호흡을 한 뒤에 고개를 꾸벅 숙여 황정만에게 인사를 했다. 다시 고개를 든 그녀의 눈빛에는 연기 중 보이던 감정이 하나도 없었다. 황정만의 컷 사인에 크게 한숨을 내쉬었고, 그 한숨에 감정을 죄다 실어 내보내 버렸다.

피식.

"진짜 천상 연기자네……."

지영의 말에 임수민이 씩 웃었다.

"그치?"

"네, 솔직히 대단하고 신기하네요. 저런 연기자가 아직도 데뷔를 안 한 게."

"뭐, 이유야 아까 말했고. 이제 빛을 볼 차례지."

"……"

감정에 깊게 몰입하는 건 많은 전문가들이 입을 모아 위험하다고 말한다. 지영도 마찬가지였다. 지영은 감정을 덧씌우고 연기를 하는지라, 정말 깊게 몰입한다. 그리고 그에 따른 부작용이 분명히 있었다.

폭군 이건.

그의 기억은 말할 것도 없었다.

그 당시는 진심으로 미쳐 있던 때라, 기억을 꺼내는 순간 광기가 의식으로 스며든다. 찢고, 범하고, 파괴하고 싶은 욕구가 기름을 부운 불길처럼 솟구친다.

임은이.

그녀의 기억도 그랬다.

처절한 광복을 지켜보지 못했던 한은 단순히 그 시대를 재현하는 연기만 보고도 들끓었다. 따라서 지영의 연기는 전문가들이 보기엔 정말 대단하게 보이지만, 그만큼 위험했다. 깊게 몰입해서, 그 배역에 사로잡혀 좋지 않은 결과를 맞이한 배우들도 많았다.

히스 레저.

최고의 악역을 선보였던 미친 배우.

그러나 그의 끝은 결국 아름답지 못했다.

중화권 최고의 스타 장궈룽.

수많은 의문이 있지만, 일단 결론은 자살이다.

그만큼 배역에 사로잡히는 건 매우 위험하다. 하지만 지영이 보기에 서원은 그런 스타일이 아니었다. 배역에는 분명 확실히 몰입한다. 그래서 캐릭터를 아주 제대로 잘 살린다. 하지만 몰입을 깨고 나오는 것 또한 매우 빨랐다.

게다가 어떻게 꾸미느냐에 따라 분위기가 확 바뀔 마스크까지, 대스타가 될 자질이 차다 못해 넘쳤다.

"어땠어요?"

자리에 앉아 물을 벌컥벌컥 마시는 황정만에게 임수민이 물었고, 그는 엄치를 척 내밀었다.

"흐아, 어디서 찾았냐?"

"제가 나가는 대학에서요."

"그냐. 햐, 내 저런 신인은 처음 본다. 아직 데뷔는 안 한 거고?"

"무리 없이 진행되면 이 작품이 데뷔작이 되겠죠?"

"음머, 그렇구먼."

서원이 다시 자리에 앉았다.

그녀는 다시 담백한 표정으로 돌아와 지영을 조용히 바라봤다. 눈빛에는 어떤 열망이 분명히 느껴지는 것 같은데, 지영은 그냥 무시했다.

"참, 할 말이 있어요."

"와, 뭔데?"

"음… 사실 이게 가장 중요한 얘기예요. 제가 어떤 입장에 처했는지는 다들 잘 아시죠? 배우로서의 입장 말고요."

"아……."

지영은 이 부분을 확실히 하고 가야 했다.

'테러리스트'를 찍을 때도 위험했다. 조폭이 찾아왔었고, 저격까지 당했다. 대체 어느 배우가 영화를 찍다 말고 저격을 당하겠나? 이건 곧 지영과 영화를 찍으면 위험할 수도 있다는 소리였다.

"와따, 깜빡허고 있었네. 강 배우 그거 정리된 거 아닌겨?"

"뭐, 국내 일은 거의 정리가 되긴 했는데… 미친놈들이 문제죠."

"아아."

황정만이 고개를 끄덕였다.

지영의 일은 하나하나가 워낙에 이슈가 되는지라, 모르는 사람이 거의 없었다. 인터넷 기사는 물론 라디오나 개인 방송까지 지영에 대한 얘기는 기본이 보장된다. 그래서 초등학생도 거의 다 알고 있었다.

그런 사실을 여기 있는 사람들이 모를 리가 없었다.

오히려 같은 업계에 종사하고 있는 마당이니 남들보다 훨씬 더 관심 깊게 찾아봤다.

"괜찮겠어요?"

임수민의 질문에 황정만이 잠시 생각에 잠겼다.

"흠… 놓치기 아깝긴 허지. 너는? 너는 어쩌게?"

"저는 좋은 작품을 놓치는 배우가 아니에요."

질문을 받자마자 곧바로 튀어나온 대답에 황정만은 피식 웃었다.

"허긴. 니가 놓칠 여자가 아니지. 그럼 나도 해야 쓰겄다. 아가, 니는?"

황정만의 질문이 서원에게 날아갔다.

지영의 시선도 같이 날아갔고, 모두의 시선이 모였을 때 그녀는 고개를 끄덕였다.

"기회를 주신다면 꼭 하고 싶습니다."

여전히 담백한 표정에서 나온 의외의 다부진 대답이었다.

피식.

"결정 났구먼. 강 배우는? 설마 강 배우가 안 헌다고 허진 않겄지?"

"그럴 리가요."

"어흐……!"

그는 곧 기지개를 쭉 켰다.

그러곤 자리에서 벌떡 일어났다.

"뭐들혀? 안 가? 배고퍼!"

여러 지방의 사투리가 섞여 있는 요상한 말투에 지영은 피식 웃고는 자리에서 일어났다. 종잡을 수 없는 건 아니지만, 그럼에도 재미난 사람이었다.

"두 분 시간 괜찮으시죠?"

일어난 지영이 서원과 김주희한테 물었고, 둘은 곧바로 고개를 끄덕였다. 특히 김주희는 고개가 부러지는 건 아닐까 싶은 격한 끄덕임이었다. 대배우 셋과의 회식. 배우를 꿈꾸는 둘에게는 둘도 없는 기회였다.

"그럼 가요."

"메뉴는 뭐로 할까요?"

김미연이 예약을 하려고 물어봤고, 황정만이 '심플하게 소새끼로 가!' 하며 답을 내놓았다. 지영도 괜찮아서 돌아보는 김미연에게 고개를 끄덕여 줬다. 평소 가는 식당에 예약을 하고, 곧바로 움직였다.

각자 차로 나눠 타서 30분 만에 식당에 도착했고, 바로 식사가 시작됐다. 유해준도 그랬지만, 황정만도 엄청난 말술이었다. 게다가 속주 스타일이었다. 원래도 붉은 그의 얼굴은 술이 들어가자 아예 불타는 것처럼 빨갛게 변했다. 의외인 것은 김주희는 그냥 평범했는데, 서원이 또 말술이었다.

주는 대로 곧잘 받아먹는데 조금의 흐트러짐도 없었다. 1차에서 저녁이 끝나고, 2차를 가자는 걸 지영은 고개를 젓곤 집으로 돌아왔다. 얼큰하게 취한 건 아니지만 기분 좋을 정도로 취기가 올라 지영은 기분 좋게 웃었다.

집에 도착한 지영은 인사만 하고 바로 씻으러 들어갔다. 차가운 물줄기를 맞자 기분 좋던 취기가 사르르 녹아 사라지기 시작했다. 많이 마시진 않은지라, 금방 가시고 있었다. 20분쯤 걸려 샤워를 끝낸 지영은 밖으로 나왔다.

"잘 끝났어?"

"응. 지연이는?"

"오늘은 피곤하다고 일찍 들어갔어."

"그래?"

지영은 은재의 옆, 소파에 털썩 앉았다.

"글은 좀 어때?"

"뭐, 그냥저냥? 흐흐."

그냥저냥이라고 대답했지만 기분 좋게 웃는 걸로 봐선 꽤 잘 풀리고 있는 것 같았다.

"너는?"

"배우들 다 만나봤고, 확답도 들었고, 이제 감독만 남았어. 근데 임수연 작가가 외국인 감독을 생각해서 글을 써서, 일단 은 그쪽에 제안서만 보내놓은 상태야."

"그래? 어떤 감독인데?"

"나가시와 테츠야 감독이라고, 일본 감독이야."

"아… 잘 모르겠다, 흐흐."

모르는 사람은 모를 수도 있는 감독이었다.

워낙에 영화 주제가 무겁고 해서, 그리 대중적인 감독도 아니었다. 은재가 모르는 게 이상한 건 아니었다.

"어떤 감독이야?"

"영상미가 되게 독특하고, 주제도 무거운 걸 주로 다루는 감독이야."

"그래? 재밌겠다, 흐흐."

은재는 또 특유의 웃음을 지었다.

짝.

그러다 손뼉을 친 은재가 다시 입을 열었다.

"맞다. 나 내일 병원 가. 정기검진."

"정기검진?"

"응. 산부인과랑 신경외과랑. 그리고 간 김에 재활 프로그램도 받고 오려고."

"……."

지영은 말없이 고개를 끄덕였다.

병원을 자주 다니는 건 아니지만, 매달 정기적으로 저렇게 병원에 간다는 게 사실 쉬운 건 아니었다. 그리고 갈 때마다 자신의 현재 신체 상황을 직시해야만 한다. 은재는 그걸 앞으로 한평생 견뎌야 했다.

"왜 그런 얼굴이야?"

"아니, 그냥."

"너… 또 말 돌린다? 혼날래!"

피식.

그런데도 이런 유쾌함을 유지하는 은재가 지영은 참 고마웠다. 그리고 언제까지고 저 유쾌함을 은재가 잃지 않기를 진심으로 바랐다.

"뭐야, 뭔데 그런 얼굴이야? 말 안 하면 나 삐친다?"

"잘 견뎌주는 네가 너무 고마워서."

"얼씨구? 술 드시더니 매우 감상적이 되셨네요, 내 남자?"

"그런가?"

"흐흐, 그런 거지. 평소에는 그런 말 안 하잖아."

"아아, 그럴 수도 있겠다."

이런 평범한 대화가 지영은 너무나 좋았다.

특별한 것보다는 그저 이렇게 항상, 언제고 대화하고 싶을 때 은재가 옆에 있었으면 좋겠단 생각이 들었다.

"오늘은 여기까지. 나 글 더 쓰러 갈게. 한참 삘 받았는데 너 들어오는 바람에 흐름 끊겼어. 다시 집중해 보게."

"그래, 그렇게 해."

"그럼 잘 자요, 내 사랑. 쪽!"

피식.

손 키스를 날린 은재는 노트북을 무릎에 올려놓고, 방으로 들어갔다. 지영은 그녀가 들어가고, 방에서 담배를 챙겨 밖으로 나왔다. 1시간도 안 되어 내려온 어둠이 온 사방을 장악하고 있었다.

치익.

담배에 불을 붙인 지영은 시선을 들어 휘영청 뜬 달을 바라봤다.

피식.

달이 붉었다.

'시기하는 거냐……?'

지영은 입에 문 담배가 다 타들어갈 때까지 붉은 달을 노려봤다. 그리고 그런 레드 문을 노려보며 지영은 다시 한번 다짐했다. 지금의 행복을 깨는 그 어떤 것도… 용서치 않겠노라고.

물론, 이 다짐이 지켜질지 안 지켜질지는 아직 미지수였다.

chapter59
세상은 넓고, 미친놈은 많다

시간은 참 잘도 흐른다.

　그 짧다고 말하면 짧고, 길다고 말하면 긴 며칠의 시간 동안에도 변화는 있었다. 이제는 완연히 가라앉은 지영에 관한 소식, 그리고 새롭게 부상하는 국가 관련 소식들이 한국 내 분위기를 완전히 바꾸어 버렸다.

　전례가 없던, 시리아 지역 IS 반군 기지를 대한민국 특수군이 선제 타격을 한 것이다. 명분은 심플했지만 확실했다.

　대한민국 국민을 대상으로 한 테러의 보복 조치.

　이 작전은 순식간에 대한민국을 불판 위에 올려놓은 주꾸

미처럼 들썩이게 만들었다. 이런 군사작전은 정말 전례가 없던 일이었다.

옛날 여명 작전은 국민이 피랍되어 있던 경우였다. 하지만 이번엔 그런 게 아니었다. 그렇기 때문에 미국이 허락할 리가 없는데도 군사작전을 감행한 건, 허락이 떨어졌다는 뜻도 됐다. 관심이 없는 사람들은 신기하다, 정도로 생각하겠지만 알 만한 사람들은 분명 미국이 작전을 허락한 어떠한 협의가 있었을 거라고 봤다.

며칠 만에 이렇듯, 세상이 확 변해 버렸다.

하지만 지영의 세상은 그리 변한 게 없었다.

광고를 찍는 날.

지영은 이번엔 본래 이동하던 차 말고, 정순철과 함께 회사 차량을 타고 이동하고 있었다.

"음… 그러니까 저에 대한 개인적인 원한을 국가가 끌어안으려는 게 목적이었다, 이거죠?"

"네, 맞습니다."

광고 촬영장으로 이동 중에 정순철이 한 말에 지영은 고개를 갸웃했다. 이해를 못 한 건 아니었다. 아니, 누구보다 확실히 이해했다. 이재성 대통령의 의도가 뭔지도 확실하게 파악했다. 하지만… 저 말은 지영에게는 도움이 되지만, 반대로 국가와 국민에게는 오히려 해가 될 수 있는 선택이었다.

분노에 찬 칼날이 지영이 아닌, 국가에게 향하면 피해를 받는 건 국민, 그리고 군(軍)이다. 이건 의심할 여지가 없었다.

지영이 보기에 이재성 대통령은 그걸 모를 리가 없었다.

'그런데도 화살의 궤적을 돌린다?'

너무 극단적이다.

지영은 미약하게 눈살을 찌푸린 채 정순철을 바라봤다. 그는 담담한 시선으로 지영을 마주 보고 있었다. 지영은 볼의 흉터와 잔뜩 까진 손을 이어서 봤다.

"다치셨네요?"

"하하, 출장 좀 다녀왔습니다."

피식.

그 말을 이해 못 할 지영이 아니었다.

회사 소속인 정순철이 어디 해외로 나가서 외국 바이어와 사업 얘기를 하고, 계약서라도 작성하고 왔을까? 저 남자가 이런 상황에 출장을 갔다 왔다면 그 출장지는 물어보나 마나였다.

"사막 바람이 많이 거칠죠?"

"글쎄요, 그건 잘 모르겠습니다. 하하."

딱 잡아떼긴 하지만, 입가엔 미소가 그려져 있었다.

"고생했겠네요. 다친 사람들은 없나요?"

"다행히 경상자만 몇 명 있었습니다. 그것도 모래바람에 날아온 돌에 맞아 생긴 찰과상 정도입니다."

퍽이나…….

피식 웃은 지영은 이제 본론을 꺼내 들었다.

"그럼 물어볼게요. 이런 얘기를 저한테 해주시는 이유가 뭐죠?"

지영의 질문에 정순철은 자세를 바로하고, 입을 열었다.

"온전한 국가의 일이라면 이러한 일을 지영 씨에게 말해 드릴 일은 없었을 겁니다. 하지만 지영 씨는 당사자입니다. 제삼자도 아닌, 직접적인 당사자."

"……."

그렇기도 하다.

빌어처먹을 하이재킹을 겪은 사람이 바로 지영이고, 온전히 자신의 사람이었던 서소정을 잃은 장본인이고, 그 복수를 위해 4년이 넘게 떠돌았던 방랑자였으며. 그 끝에 극적으로 돌아온 귀환자였다. 그리고 그 이후 이슬람 극렬주의자들의 표적이 된 당사자가 바로 지영이었다.

"후우, 원래는 말 안 하려고 했지만 코드 원의 지시에 따라 지영 씨만큼은 알고 있어야 한다고 해서 제가 직접 전해 드리려 온 겁니다. 앞으로는 너무 걱정 마시란 말도 같이 전할 겸 하고요."

신기했다.

그 어떤 삶에서도 이런 대접을 겪어본 적이 없었기 때문이다. 아, 물론 지체 높은 신분으로 태어났을 땐 당연히 보고받는 삶을 살았다. 하지만 옛날 기준, 평민으로 태어난 삶에서는 절대 이런 적이 없었다.

'세월은 국가 또한 성장시키는건가……?'

나쁜 일은 아니었다.

옳은 방향으로 성장하고만 있으니까.

"비밀 엄수의 의무가 있겠죠?"

"하하, 물론입니다. 가족분들에게도 안 됩니다. 물론 알 만한 전문가들은 다 어느 정도 파악을 했겠지만 회사는 물론 푸른 집은 공식 발표를 교묘히 비틀어서 내보낼 예정이기 때문에 어느 정도는 숨길 수 있을 겁니다."

"아버지는 아시겠네요. 어머니도. 두 분 다 정보통이 상당하니."

"그거야… 저희가 막을 수는 없는 노릇이니까요. 그 정도는 괜찮습니다. 자력으로 알아내시는 거니. 다만 지영 씨 입으로 널리 퍼뜨리지만 않아주시면 됩니다."

"네, 알겠습니다. 은재한테도 비밀로 하죠."

사실, 은재도 이미 알고 있다.

그 똑똑한 여자가 그 작전의 이면에 있는 숨은 의도를 파악 못 할 리가 없었다.

"감사합니다. 그리고 앞으로 회사원들이 좀 더 투입될 예정입니다."

여기서 더?

지영은 참 회사원들이 고생한다고 생각했다.

그리고 신기하다고 생각했다.

"혹시 불만 가진 분들은 없어요? 좀 더 중요한 업무에 배치되기를 원하는 분들도 많은 것 같은데."

대한민국 국가정보원을 뜻하는 은어가 바로 회사다.

무슨 실업, 무슨 공장, 이런 식으로 보통 소속되어 있으니 말이다. 하지만 여기에 소속된 사원들은 정말 나라를 위해 사명을 바쳐 중요한 일들을 하는 사람들이다. 그런데 배우에게 붙어 업무를 본다? 당연히 불만이 나올 수도 있는 사안이었다.

그러나.

"회사원들은 업무에 불만을 가지지 않습니다."

너무 딱 잘라 말해서 지영은 그냥 더 이상 묻지 않기로 했다. 이후로는 단조로운 대화만 이어갔다.

그리고 촬영장에 도착했다.

강원도 평창, 대관령이 오늘 촬영을 할 장소였다.

병원은 그냥 CG 작업을 하기로 했고, 대신 뷰가 끝내주는 대관령이 최종 촬영장으로 낙점됐다.

차에서 내리자 한여름인데도 시원한 바람이 반갑게 지영을 맞이했다.

"저는 여기서 대기하겠습니다."

"오늘부터 또 근접 경호인가요?"

"하하, 네. 원래 업무였으니까요."

"……."

참 고생한다.

그러나 지영은 더 이상 뭐라고 못하고, 고개를 숙여 인사를 하곤 촬영장으로 향했다. 탁 트인 시야 아래, 산도 보이고 숲도 보였다. 그걸 보며 감상에라도 젖고 싶었지만, 그럴 수는 없었다.

'저 산에도, 저 숲에도 회사원들이 나와 있겠지.'

삼림욕을 즐기려고?

절대로 아닐 거다.

분주히 움직이는 스태프들에게 지영은 인사를 하고, CF 감독과 인사를 나눈 뒤 대기실로 들어왔다. 산 정상의 시원한 바람에 거칠게 펄럭이는 텐트 안에 들어가니 사무실 직원들이 먼저 도착해 있었다.

"어? 왔어?"

"네. 누나 얼굴이 밝네요?"

"오랜만에 일이라서? 호호."

피식.

한정연과 가볍게 인사를 나누고, 의자에 앉아 발을 까닥거리고 있는 김은채에게 시선을 돌렸다.

"너도 왔냐?"

"그럼. 내 일인데."

"얼씨구, 높으신 분이 이런 것까지 관여하시게?"

"뭐든 데뷔 때는 신중한 법이거든?"

김은채의 말에 지영은 그냥 그러냐 하는 표정으로 고개를 끄덕여 주곤 한정연이 주는 옷을 받아 탈의실에 가서 갈아입었다.

블루 앤 화이트.

연파랑 계열의 하의와 깔끔한 흰 셔츠였다.

"오, 역시. 지영이는 심플하게 코디하는 게 역시 제일 잘 어울린다니까?"

"그렇죠?"

지영도 한정연의 그 말에는 동의했다.

화려한 색감이나 디자인보다는 확실히 깔끔하게 입는 게 자신에겐 잘 어울린다고 지영은 생각했다.

"뭐, 봐줄 만하네."

"깐족거릴 거면 가서 낮술이나 하지?"

"안 그래도 사다놨어. 이따 끝나고 마시려고."

그러고선 김은채는 옆에 아이스박스를 툭툭 쳤다. 그 모습을 지영은 어이없게 보다가, 고개를 절레절레 저었다. 일반인이 이해하기 힘든 정신 구조를 가진 김은채니, 저런 건 그냥대충 넘어가는 게 정신 건강에 이로웠다. 지영의 고개를 젓게한 그녀는 폰을 만지작거리다가 갑자기 인상을 팍 썼다.

"아, 쌍, 또라이 새끼가……."

"왜?"

"오성의 미친 새끼가 여까지 납시셨다네?"

"오성의 미친 새끼?"

지영이 고개를 갸웃하다, 곧 그 단어가 지칭하는 인물이 누군지 떠올리고는 고개를 끄덕였다. 지영도 잘 아는 인물이었다.

이성준.

현 오성그룹 회장인 이준걸의 둘째 아들인 이태성의 아들.

로열패밀리였다.

그리고 그의 소문은 정말 좋지 않았다. 물론 일반인은 잘모른다. 업계 종사자 중에서도 최고의 간부쯤은 되어야 접할수 있는 정보였다. 지영은 이걸 김지혜가 알려줘서 알 수 있었다.

"그놈이 왜?"

"아 ,몰라. 요즘은 스토킹에 취미라도 들렸는지 가는 데마다 나타나서 지랄이야. 발정난 개새끼도 아니고."

피식.

지영은 그냥 웃고 말았다.

적당히 떨어진 곳에 의자를 놓고 앉자, 한정연이 눈치를 슬금 슬금 봤다. 그리고 대기실의 천의 벌컥 열고는 훤칠한 외모의 20대 중반의 사내가 경호원으로 보이는 건장한 체구의 30대 중반 사내 둘과 함께 안으로 들어섰다. 외모는 가히 조각이었다. 우월한 유전자를 받았는지, 아니면 수술을 했는지 정말 조각을 깎아놓은 것 같은 외모였다. 하지만 지영은 후자라는 걸 바로 알 수 있었다.

최대한 자연스럽게 했다고는 하지만 지영의 눈썰미를 피하진 못했다.

"오, 우리 은채. 오빠 연락 자꾸 피하고 그러기야?"

"하아……."

들어서며 김은채를 향해 환하게 웃으며 한 그의 말에 그녀는 정말로 짜증이 가득한 한숨을 내쉬었다.

"의자 가져와."

경호원에게 명령을 내리자 그 경호원은 잠시 주변을 둘러보다, 눈치를 보며 앉아 있던 한정연의 앞에 가서 섰다. 그리고 고압적인 눈빛으로 내려 보자 그녀는 쭈뼛거리며 자리에서 일어났다. 그 모습을 보던 지영은 피식 웃고 말았다.

"하여간 못 배운 새끼들은… 쯔."

마지막에 혀를 딱 차주자 모두의 시선이 단박에 달려들었다. 김은채를 위해서 나선 게 아니었다. 이 장소가 어떤 장소인가. 곧 자신이 찍을 CF 때문에 배우들과 배우의 스태프들에게 준비해 준 대기실이었다.

즉, 용도는 강지영이란 배우의 편의를 위해서 준비했단 뜻이다. 그런데 마치 제집처럼 제멋대로 행동하는 꼴을 보니 말이 조심스럽게 나가질 않았다.

피식.

이성준은 그런 지영을 비웃고는 경호원이 가져온 의자를 끌어 김은채에 앞에 놓고, 거꾸로 앉아 등받이에 턱을 괴었다.

"역겨운 면상 좀 치워, 걷어차 버리기 전에."

"역시 우리 은채 앙탈은 귀엽다니까? 이런 지저분한데 있지 말고, 오빠랑 드라이브나 가자."

"드라이브는 니 취향인 나이 먹은 년들이랑 해. 왜, 지은정은 질렸어? 한창 끌고 다니드만."

"뭐……?"

김은채의 나직한 독설에 이성준의 얼굴에 잠시 금이 갔다가, 빠르게 회복됐다. 한정연은 얼른 스태프들을 데리고 나갔다. 지은정이란 이름 때문이었다. 나이 40줄에 들어서는 여배우 중 한 명으로, 단아함과 섹시함을 동시에 갖춘 대한민국에 몇 안 되는 여배우였다. 그런 배우의 이름이 나온 순간, 들어서는 대화가 아니라고 한정연이 판단한 것이다. 물론, 지영은 그대로 앉아 있었다.

친구라고 하기엔 뭐 하지만, 은재의 언니인 김은채만 두고 나갈 수는 없었기 때문이었다. 하지만 그런 지영에게 툭 하니 이성준의 말이 날아들었다.

"너도 좀 빠지지?"

"내 대기실이야. 나갈 거면 너나 나가."

"뭐……? 혓바닥이 매우 반 토막이네? 고작 딴따라 새끼가?"

피식.

실소가 나왔다.

"김은채."

"응?"

"고생이 많다."

"니가 해준 말 중 가장 마음에 든다."

끅끅.

김은채의 웃음에 이성준의 얼굴에 잔 균열이 조금씩 가기 시작했다. 그리고 그 균열 사이에 비릿한 조소가 걸리더니, 지영도 예상치 못했던 한마디가 흘러나왔다.

"다리병신이나 만나는 새끼가……."

"……"

"그년 올라타서 흔들 줄은 아냐……?"

참 오랜만이었다.

이렇게 빠르게 지영의 선을 넘게 한 인간은 말이다.

퍽!

그래서 앞에 있던 테이블을 그대로 걷어찼다.

주르륵!

미끄러진 테이블이 이성준의 무릎 옆에 그대로 박혔다.

퍽! 소리와 함께 악! 소리가 거의 동시에 시간차로 대기실에 울려 퍼졌다. 지영은 그 순간 이성준의 눈빛이 일순간 차갑게 굳었다가, 곧바로 되돌아오는 걸 캐치했다. 아주 짧은 순간이었지만 뱀처럼 차가운 눈빛을 지영이 놓칠 리가 없었다.

'의도적으로 이런 모습을 보인다?'

지영은 곧바로 깨달았다.

이자, 조심해야 할 자라는 것을.

"아악! 이 씨발 놈이!"

본래의 상태로 돌아와 벌떡 일어난 놈을 지영은 차갑게 굳은 눈으로 노려봤다. 모습을 숨기는 거야 지영이 알바가 아니었다. 단지 지금은 의도적이든, 아니면 진심이든 은재를 모욕했다는 점이 중요했다.

"저 새끼 꿇려……"

으르렁거리듯이 내뱉은 이성준의 말에 경호원 하나가 지영에게 다가왔다. 피식. 지영은 천천히 자리에서 일어났다. 그리고 김은채를 바라봤다. 김은채 역시 차갑게 굳은 표정으로, 아랫입술을 질끈 깨물고 이성준을 노려보고 있었다.

지영은 이성준의 행동이 다분히 의도적이라는 것을 깨달았다. 이유도 대충 예상이 갔다. 하지만 상대의 의도가 너무나 적나라한지라, 지영은 그냥 넘어갈 수 없다는 걸 알았다. 지영이 자리에서 일어나자마자 경호원이 손을 쭉 뻗어왔다. 셔츠깃을 잡으려는 움직임이었다. 턱. 셔츠를 잡자마자 지영은 경호원의 손목을 아래에서 움켜쥐곤, 반대 손으로 짧게 울대를 올려쳤다.

쉭!

주먹이 바람이 갈랐다. 딱 가르기만 했다.

그 짧은 순간 경호원이 반사적으로 피했기 때문이었다. 그 틈에 지영은 손목을 잡은 손을 비틀어 떼어냈다.

"큭……."

손목이 비틀렸으니 당연히 비명이 나왔다. 지영은 뒤로 한 걸음 물러나며 손목을 툭 잡아챘다. 지긋이 당긴 게 아니라 순간적으로 잡아챘기 때문에 경호원은 통증을 못 이기고 그대로 끌려왔다.

빡!

그 순간 나오는 다리의 정강이에 조인트를 먹이고, 숙여지는 턱에 그대로 주먹을 꽂아 넣었다.

소리가 경쾌했다.

순식간에 동료가 쓰러지자 남은 경호원이 달려들려다가 이성준이 뻗은 손에 멈췄다. 의도적인 시비였지만 지영은 눈앞에서 은재의 모욕을 그냥 넘길 생각이 없었다.

"데리고 나가."

"네."

이성준의 말에 경호원이 급히 기절한 동료를 데리고 나갔다. 처음과 같이 느물거리는 표정으로 돌아온 이성준이 대기실을 돌아보다가, 다시 자기 의자를 끌어다가 앉았다.

"건방진 애송이… 내 경호원에게 손을 대고, 각오는 됐겠지?"

피식.

지랄 떨고 있네.

지영은 저 주둥이를 꿰매 버리고 싶은 욕구가 올라왔지만, 참기로 했다. 대신 짜증이 담긴 화살을 꽂아 넣을 과녁을 바꿨다.

"김은채."

"왜?"

"니가 지금 가만히 앉아 있을 때냐?"

김은채가 오지 않았다면 이성준 저놈이 올 일도 없었다. 그리고 이성준이 오지 않았다면 지영을 만나지도 않았을 것이고, 은재가 모욕을 당할 일도 없었다. 그래서 지영은 김은채가 저렇게 앉아 있는 게 마음에 들지 않았다. 아니, 마음에 들지 않는 정도가 아니라 짜증의 단계까지 왔고, 지금은 그 이상을 넘어가고 있었다.

"그러게. 저 개새끼를 어떻게 해야 할지 고민하느라 좀 멍 때렸네."

김은채의 대답이 나오기 무섭게 이성준이 다시 느물거리는 말투로 입을 열었다.

"에이, 우리 은채. 무슨 말을 그렇게 해? 오빠가 은채 얼마나 좋아하는지 알면서. 응? 오빠가 찾아온 게 싫어?"

큭…….

김은채는 정말 보기 드물게 얼굴에 짜증을 잔뜩 그려놓고 있었다. 원래 감정 표현이 솔직한 여자이긴 하지만, 이 정도로 극명하게 올라온 건 지영도 참 오랜만에 보는 모습이었다. 웃는 모습에 침 못 뱉는다고? 김은채라면 침이 아니라 염산을 붓고도 남을 여자였다. 휙휙 주변을 돌아보는 게 영락없이 뭐 던질 만한 게 없나 찾아보는 모양새였다.

"아침 먹었어? 안 먹었으면 가서 뭐 좀 사오라고 할까?"

"아침부터 약을 빨았나… 좀 꺼져라, 좀."

"와, 은채 말 진짜 서운하게 하네. 그래도 오빠는 이런 은채 모습이 참 좋더라. 음음, 매력 있어."

"……."

오성의 도련님이 와서 김은채에게 저러는 이유가 뭘까? 이 유야 아주 뻔하다. 수작질. 곧 있으면 대성의 회장이 될 김조 선이 가장 아끼는 혈연이 김은채다. 미인계가 아닌, 미남계란 소리였다.

"이어폰 있어?"

김은채의 말에 지영은 주머니에서 이어폰을 꺼내 던졌다. 그걸 멋지게 받은 김은채는 바로 폰에 이어폰을 연결하고, 음 악의 볼륨을 최대한으로 높였다. 그러곤 눈을 감았다. 더 이 상의 대화는 생략하겠단 뜻이었다.

그런 김은채의 행동에 이성준은 입술을 질끈 깨물었다. 하 지만 바로 원상태로 되돌리곤 지영을 바라봤다.

"애송이. 애비 빽 믿고 너무 깝치지 마라. 뒈지는 수가 있 다."

피식.

뺨은 김은채에게 쳐맞고, 지영에게 화풀이를 하고 있었다.

'아니, 아니지.'

그것과는 상황이 좀 다르다.

지영은 이성준을 빤히 바라봤다.

은재를 모욕했다.

어디 한 군데 부숴놓고 싶지만, 그랬다간 진짜 일이 엄청 커진다. 지영의 위치도 위치지만, 저 이성준이란 놈도 오성을 이끌어갈 로열패밀리이기 때문이다. 건드리는 순간, 이제야 겨우 잠잠해진 불길에 또 다시 기름을 퍼붓는 것과 다름없는 일이 벌어질 것이다. 하지만 그렇다고 얌전히 있을 지영도 아니었다.

"경고하는데… 한 마디만 더 떠들면 아까 경호원처럼 실려 나가게 될 거야."

"큭! 그랬다간 너는 죽어… 같잖은 애송아."

"실려 나가게 될 거라고 했지?"

스륵.

지영이 자리에서 일어나자 이성준이 씩 웃었다.

그 순간 지영은 이놈이 여기에 온 목적이 김은채 말고, 하나 더 있다는 걸 깨달았다. 저것 또한 의도적인 자극이었다. 아까 보여줬던 뱀같이 차가운 눈빛을 생각해 보면 지금 이 시비는 목적이 명확한 도발인 게 분명했다.

건드리는 순간 저놈은 분명 지영을 법적으로 엮어낼 게 분명했고, 그 엮음은 지영 본인보다는 아마 강상만까지 꾸역꾸역 끌어들일 게 분명했다. 경호원은 어차피 상관없었다. 허락하지 않은 곳에 강제로 들어왔고, 먼저 지영에게 손을 쓰려고 했으니 말이다. 지영도 아까 테이블을 걷어차긴 했지만 그 정도는 부상으로 남지도 않는다. 그래서 그것 하나로는 지영을 엮기에는 부족했다.

왜?

은재를 성적으로 모욕했기 때문이다. 이미 지영은 폰으로 대화를 전부 녹음해 둔 상태였다. 테이블을 걷어찬 걸로 고소를 하면 은재가 저놈을 맞고소할 수도 있었다. 그러면 또 진흙탕 싸움이 되긴 하겠지만 지영이나 은재야 워낙에 이런 일에 익숙했다. 그리고 지영의 팬덤의 화력은 상상을 초월한다. 수많은 법조 전문가들의 조언도 얻을 수 있었다. 그러니 지영이 진짜 제대로 두들기지 않는 이상, 잃는 건 저놈, 이성준이 훨씬 많았다.

지영은 이런 상황이 지긋지긋했다.

솔직히 말해 수천 번을 겪었다. 옛날에야 그나마 법, 그리고 인터넷이 없어 무력으로 해결이 가능했는데 요즘은 그것도 힘들었다.

행동에 제약이 걸리는 게 진짜 너무 답답했다.

'이걸 그냥 죽여 버릴 수도 없고……'

아오. 정말 한숨만 나오는 상황이었다.

지영은 김은채를 힐끔 바라봤다.

완벽한 개무시.

김은채의 행동이 지금으로서는 정답이라는 걸 깨달았다. 목적을 가진 도발에 말려서야, 환생자라는 타이틀이 운다. 은재를 모욕했지만, 그건 어차피 녹음이 되어 있으니 나중에 필요하면 쓰면 된다.

"쯔……."

그래도 입맛이 썼다.

이렇게 넘어가기엔 좀 아쉬워서였다.

생각 같아서는 최소한 턱을 부숴놓고 싶었기 때문이다.

지영은 의자에 깊게 몸을 뉘이고는 눈을 감았다. 저놈이 뭔 지랄을 떨어도 어차피 감각에 죄다 걸리기 때문에 별로 걱정할 것도 없었다.

눈을 감고 있길 수 분, 계속 자신을 노려보던 이성준이 의자에서 일어나는 걸 지영은 느꼈다.

"은채야, 오빠 간다? 이따가 올 테니까 끝나고 저녁이나 먹자. 알았지?"

그러곤 밖으로 나갔다.

대단한 놈이다, 진짜.

갑작스럽게 들이닥쳤던 미친놈이 사라지자 지영은 하아, 한숨을 내쉬곤 눈을 떴다. 그리고 비슷하게 김은채도 이어폰을 빼곤 '아… 씨발 새끼, 진짜' 하고 짜증 가득한 욕을 내뱉었다.

"야, 미안."

"……."

사과하는 꼬라지 보소…….

지영의 눈매가 꿈틀거리곤 조용히 노려보자 그녀는 아이스
박스에서 캔 맥주 하나를 꺼내 휙! 던졌다.

그걸 받은 지영은 어처구니가 없었다.

"야, 나 좀 있으면 촬영해야 되거든?"

"진짜 같은 무알콜 맥주야. 걱정 말고 자시지?"

치익.

딱.

캔 따는 소리가 들리기 무섭게 그녀는 입에 대고 벌컥벌컥
마셔댔다. 한 캔을 순식간에 비운 뒤에는 역시 담배를 꺼냈
다. 한정연이 조심스럽게 문을 열다가 김은채의 시선에 바로
다시 문을 닫았다.

"오성이 전략을 바꿨어."

"전략? 아아, 미남계?"

"눈치가 빨라. 역시 너랑은 대화가 편해. 어쨌든 골치 아픈
전략이야……. 무시, 거절 빼고는 할 수 있는 게 별로 없거든.
저렇게 실없이 보여도… 아, 맞다. 너도 저놈 성격 대충 눈치챘
지?"

"뱀?"

"세상에 너 같은 사람들만 있으면 속 터져 죽을 일은 없겠다."

후우…….

담배를 깊게 한 모금 빨고, 연기를 뱉은 그녀는 다시 짜증 가득한 어조로 입을 열었다.

"저래 보여도, 무시할 수 없는 새끼야. 성벽(性癖)이 유부녀 취향인 것만 빼면 일적인 면에서는 또 완벽한 놈이지. 오성의 장남이나 삼남보단, 저놈이 제일 위험해."

말로만 오성, 오성 하지만 대한민국에서는 독보적인 거대 공룡 그룹이다. 아니, 세계적으로 내놔도 꿀리지 않는 그룹이 다.

그런 곳의 로열패밀리이다.

그것도 현 회장의 둘째 아들이니 말 다했다.

만약 놈이 김은채에게 어떻게든 수작질을 부려 작업이 성 공하면? 천하의 오성과 대성이 사돈을 맺는다. 물론 순수한 의도에서의 관계는 절대로 안 나올 거다. 김조양의 일로 이미 한바탕 큰일을 치렀지만, 그걸 알고 있는 오성이지만 포기하 지 않고 있었다. 그들은 진짜 집요한 구석이 있었다.

"그래서 아직 전략 비서실에서도 대응 방법을 못 찾았어. 고모가 조심하라고 언질도 해서 맘대로 막 하지도 못해."

"막을 방법은 없고?"

"못 봤어? 오성의 차남이면 청와대도 쉽게 드나들 권력이 있 어. 물론 현 통(統)께서 싫어해서 그럴 일은 없지만 중요한 건 대한민국 내에서는 놈을 막을 공간이 없다는 거야."

"……."

하긴…….

군부대도 갖은 핑계를 대면 들어갈 수 있을 거다.

지영은 김은채 답지 않게 왜 그냥 무시했는지 알 수 있었다. 대응 방향이 정해지지 않았으니 할 수 있는 건 몇 마디 독설과 일방적인 무시밖에 없었을 거다.

"너도 참 피곤하게 산다."

"미치겠어. 아오… 은채 얘기는 다시 한번 미안. 그리고 잘 참아줘서 고맙고. 그것도 눈치챘지?"

"실실거리면서 자극하던데? 폭행 사건으로 고소라도 하고 싶었던 것 같은데. 뭐, 오늘 일로는 그럴 것 같진 않네."

"하면 바로 역고소지. 녹음했어? 나는 해놨는데."

"나도."

지영은 대답하고 나서 폰을 꺼내 지금까지의 녹음을 저장하고 다시 틀어보니 아주 잘되어 있는 걸 확인할 수 있었다.

똑똑.

다시 대기실 문이 노크와 함께 열렸다.

"저기… 지영아, 이제 슬슬 준비해야 되는데?"

"네."

고개를 끄덕이자 이성은과 한정연이 안으로 들어왔다. 지영은 자리에서 일어나 이성은이 메이크업하기 편한 의자로 옮겨 앉았다.

"상대 배우는 왔어요?"

"응, 아까 도착해서 메이크업 받고 있어."

"인사나 하러 가야겠네요."

"니가 선밴데?"

"그래도 제가 어리니까."

"잔인해……."

피식.

이번 상대역은 매순이다.

조현, 그의 아픈 삶의 주인공인 매순.

어떻게 변했는지 보고 싶었다.

이번 삶에서는 행복하기를 바라는 걸로 감정을 정리했고, 보라매에서 몇 번 마주치는 걸로 끝난 인연이었다.

한참 메이크업을 받고 있는데, 똑똑 하고 노크 소리가 들렸다. 한정연이 얼른 가서 문을 열자 매순의 매니저로 보이는 30대 초중반의 사내가 서 있었다. 잠시 대화를 나눈 한정연이 얼른 다가와 내용을 전해줬다.

"먼저 인사하러 왔는데?"

"그래요? 음……."

아직 메이크업 중이라 눈을 감은 채 지영은 잠시 뒤에 고개를 끄덕였다.

"잠시만, 거의 끝났어."

"그래? 그럼 오 분만 기다려 달라고 할게."

"응."

삼 분 뒤에 메이크업이 끝났고, 한정연이 나가서 두 사람을 불러왔다. 관심 없는 김은채는 이미 이어폰을 다시 귀에 꼽고 눈을 감고 있었다. 한정연의 안내에 안으로 들어선 매니저와 이국적 외모의 매순이 지영의 시선에 들어왔다.

"안녕하세요, 순이 매니저 김진탭니다. 하하."

순박한 매니저의 인사 뒤로.

"안녕하세요. 매순입니다."

청아한 매순의 목소리가 들려왔다.

지영은 고개를 끄덕이곤 손을 뻗었다. 아니, 뻗으려 했다.

─순(順)······.

너무나 명료하게 들려온 목소리에 지영은 뻗던 손을 멈춘 채, 그대로 얼음처럼 굳어버렸다.

chapter60
서랍의 변화

지영은 뇌리에서 울린 목소리에 소름이 돋았다.

제대로 들은 건가?

정말 목소리가 울린 건가?

그 순간 지영의 머릿속에 가차 없이 다시금 목소리가 울렸다.

―매순…….

그리움과 외로움을 한데 넣고 섞은 것 같은 우울한 어조의 목소리는 분명 조현(早現)이었다. 지영은 자신이 잘못 들었을 리가 없다고 생각했다. 어조, 말투, 매순이란 이름을 부를 때

담겨 있는 감정까지.

자신 본인이 그 삶에서 수없이 속으로 부르고, 소리 내 불렀던 이름이었다. 그러니 절대로 잘못 알 리가 없었다.

하지만… 처음이었다.

과거의 서랍 주인이 이렇게 명료한 목소리로 말을 한 건 정말로 시작부터 지금까지 처음이었다.

"저……?"

"아, 미안해요."

지영은 매순의 조심스러운 목소리에 즉각 현실로 의식을 되돌렸다. 지영은 떨리는 목소리를 억지로 가라앉힌 다음에야 인사를 했다.

"반갑습니다. 강지영입니다."

"네… 오늘 잘 부탁드립니다."

"저도요."

본래는 가볍게 인사를 하고 짧게나마 대화도 할 생각이었다. 하지만 조현의 목소리가 그 모든 걸 급수정시켜 버렸다. 다행히도 일 때문에 늦게 도착한 김지혜가 지영의 표정이 좋지 않음을 바로 캐치, 두 사람을 조심스럽게 밖으로 데리고 나갔다.

"왜 그래?"

그런 지영의 표정이 좋지 않음은 한정연과 이성은도 인지를 했는지, 걱정스러운 얼굴로 바라보고 있었다.

"후… 아니에요. 누나, 여기 화장실이 어디예요?"

"아까 차 세워둔 곳에 있을걸?"

"네. 시간 얼마나 남았죠?"

"음… 사십 분쯤 남았네. 왜? 어디 안 좋아? 스탠바이 시간 좀 늦춰달라고 할까?"

"아니요. 저 화장실 갔다 올 테니까 스탠바이 전에 연락주세요. 폰 가져갈 테니까."

"그래, 알았어."

한정연의 대답을 들은 지영은 바로 담배와 폰을 챙겨 밖으로 나갔다. 휘이잉! 시원한 정상의 바람이 지영의 얼굴을 갈겨 댔지만 머리가 복잡해서 별로 시원하진 않았다. 지영은 바로 인적이 드문 곳을 찾아 움직였다.

촬영 때문에 통제를 했는지 사람은 별로 없었다. 적당한 곳으로 들어간 지영은 담배를 꺼내 입에 물었다. 촬영이 있지만 지금은 참을 수가 없었다.

치익.

"후우… 조짐은 없었는데?"

기억 서랍.

총 999개의 기억이 담겨 있는, 강지영이란 환생자가 가진 전생의 삶을 담은 서랍이다. 이 서랍은 분명하게 감정 표현을 했다. 마치 1,000이란 숫자가 특별한 것처럼 이번 삶부터 자신의 감정을 매우 솔직하게 표현하기 시작했다.

임은이가 그랬고, 폭군 이건이 그랬다.

사십구 호도 그랬고, 척위준 또한 그랬다.

그리고 조현도 그랬었다.

그러나 기억이 가진 감정의 표현은 서랍이 덜컥이는 정도로, 의식에 스며드는 정도로 끝났었다.

지금처럼 확실한 언어로 말을 꺼낸 적은 한 번도 없었다.

'잘못들은 건… 아니겠지.'

분명 조현은 매순을 보자마자 그녀의 이름을 불렀다.

너무나 아련하게, 너무나 반갑게, 너무나 슬프게, 너무나 애절하게.

그래서 지영은 지금 당황스러웠다.

당황이란 감정을 웬만해서는 느끼지 않는 지영인지라, 이 감정이 신선하기까지 했다. 지영은 일단 폰을 꺼내 어딘가로 전화를 걸었다.

뚜루루, 뚜루루.

―응…….

"지금 통화 가능한가?"

―응…….

지영은 임수민에게 좀 전에 자신이 들었던 조현의 목소리에 대해 짧고 간결하게 설명했다. 그러곤 그녀에게도 이런 적이 있었냐고 물었다.

—아니, 없는데. 진짜 전생의 목소리였다고?

지영의 설명에 잠이 깼는지, 조금은 조급함이 담긴 목소리로 되물어왔다.

"물론. 매순이라고, 내 전생의 연인이었던 여성을 보자 분명히 조현의 목소리가 머릿속에 울렸어."

—음… 이상한데. 일단 나도 생각해 볼게. 며칠간 바빠서 만나기는 힘들고, 시간 나면 바로 연락할 테니 그때 얘기해.

"그래."

전화를 끊은 지영은 '후우…' 필터까지 타들어가고 있는 담배를 비벼 끄곤 하나를 더 꺼내 물었다.

임수민은 같은 환생자다. 선배라면 선배라고 할 수 있는 그런 여자다. 자신과는 분명 다르지만, 거의 95% 이상 같은 상황 속에 있는 존재라고 해도 과언이 아니다. 그런 그녀도, 지금까지 전생의 목소리가 머릿속에 울린 적은 없다는 확인을 해줬다.

'왜 자꾸 나만……?'

이번 삶은 확실히 이상했다.

사건 사고도 훨씬 끊이지 않고 일어나고, 이렇게 예상 못 한 순간에 예상 못 한 일이 벌어졌다. 매순.

환생자를 보는 것도 처음이었다.

지영은 이 상황이 결코 좋은 상황이 아니라는 걸 알고 있었다.

수많은 삶을 살아오면서 찾아온 변수 중에, 지영에게 좋은 작용을 한 변수는 정말로 드물기 때문이다.

"그나저나 지랄 났네. 이따 연기 시작하면 더 격렬하게 반응할 건데……."

감정의 동화까지 찾아오면 정말 의식이 장악되는 상황까지도 고려해 봐야 했다. 이 자체가 결코 좋은 일이 아니었다. 문득 지영은 그래도 조현이라 다행이라 생각했다. 폭군 이건이었으면?

매순을 만났을 때, 조현이 눈을 떴다.

그럼 아까 이성준이 지랄 떨었을 때 이건이 눈을 떴을 수도 있었다. 그는 매우 위험한 인물이자 인격이었다.

지영의 삶에서 다섯 손가락 안에 드는 광포한 성질을 지녔으니 말이다. 만약 그가 눈을 떴다면? 지영의 의식을 장악했다면? 장담하는데 이성준의 모가지는 분명하게 돌아갔을 것이다.

그래서 지영은 지금 조현의 튀어나온 게 위험하다는 판단을 내렸고, 따라서 감정 컨트롤에도 엄청 신경을 써야겠다고 생각했다. 담배를 마저 피운 지영은 꽁초를 챙겨서 다시 대기실로 올라왔다.

지금 당장은 해야 할 일이 있다. CF 촬영도 해야 해서 이번에 바로 대처할 수가 없었다.

'하여간 이놈의 인생……'

참으로 버라이어티하다.

수많은 삶이 버라이어티했지만, 이번 삶은 시작부터 그렇지만 어째 모든 삶에서 가장 빡센 삶이 될 거란 예감이 짙게 들었다.

대기실로 돌아와 양치를 하고 구강 청정제에 옷에 탈취제를 뿌린 다음, 지영은 대본을 들었다. 공익광고의 특성상, 편집 과정에서 따로 내레이션은 들어가도 직접적인 대사는 그렇게 많이 들어가지 않는다. 그저 몇 마디가 전부다. 대사야 이미 어제 다 외웠다. 동선만 다시 한번 확인하고 나서 잠시 기다리자 스태프가 들어와서 준비가 끝났다고 알려왔다. 시간을 보니 이제 딱 정오, 12시가 넘어가고 있었다.

밖으로 나오니 촬영장은 준비할 때의 분주함은 죄다 사라지고, 고요만 남아 바람결에 실려 둥둥 떠다니고 있었다.

꾸벅!

매순이 쪼르르 달려와 지영에게 인사를 했고, 지영은 그런 그녀의 행동에 애써 웃으며 마주 고개 숙여 인사를 했다.

들썩!

여지없이 흔들리는 조현의 기억 서랍에 지영은 티 나지 않게 이를 꽉 깨물었다.

"잘 부탁해요."

"네, 선배님. 저도 잘 부탁드립니다."

나이는 매순이 일곱 살인가, 여덟 살 정도 많았지만 그녀가 보라매에서 기획한 다국적 걸 그룹의 연습생 시절 때 이미 지영은 데뷔를 했다. 그리고 빵 떠서, 대스타가 되었다. 나이가 비슷하면 그래도 형 동생, 언니 동생 하지만 이렇게 나이 차이가 나면 잘못했다간 바로 찍히기 십상이다. 게다가 지영이 누군가. 이름값으로는 감히 매순이 지영에게 게임도 안 되는 상황이라 그녀의 깍듯함은 당연한 일이었다.

감독이 와서 장면을 짚어줬다.

하지만 지영은 거기에 집중하지 못했다.

조현의 기억이 들썩거리면서 자꾸만 매순의 얼굴을 들여다보려고 했다. 그가 가진 간절함을 넘은 애절함을 모르는 게 아니다. 아니, 오히려 본인의 삶이었으니, 그 누구보다도 훨씬 더 잘 알고 있는 게 지영이었다.

'좀… 진정 좀 해라.'

앞에 실제로 존재만 한다면 뒷목을 후려 갈겨서 기절이라도 시키고 싶었다. 하지만 그것도 불가능하니, 남는 건 가슴을 무겁게 하는 답답함뿐이었다. 설명을 다 듣고 제자리에 가서 선 지영은 비슷하게 옷을 입고 있는 매순을 바라봤다.

격렬함이 가라앉지를 않으니 차라리 조현의 애원을 들어주기로 마음먹었다. 짧은 대사를 맞춰보기 시작하자, 조현의 서랍은 그 순간 숨을 죽였다. 지영은 그게 그녀의 목소리를 집중해서 들으려는 의도임을 알았다.

중국, 러시아인 혼혈이지만 한국에서 워낙 오래 있어 그런지 발음은 하나도 어색하지 않았다. 무희(舞姬)였던 이전 삶과 다르게 이곳에서는 노래까지 해서 성대가 좀 상했는지 과거보다는 목소리가 좀 두꺼워졌다.

하지만 그리 큰 차이는 아니었다.

대사를 맞추는 게 끝나고, 의상과 메이크업을 다시 한번 점검한 뒤, 지영은 숨을 크게 골랐다.

이미 주변은 스탠바이 준비가 끝나 있었다.

손을 잡고 위치에 섰을 때였다.

들썩.

―아아, 매순…….

꿈틀.

손을 잡기 무섭게 잠잠하던 조현이 다시금 움직이기 시작했다. 하지만 이 정도는 참을 만했다. 하지만 그것도 잠시, 뒤이어 나온 말은 다시금 지영의 머릿속을 그대로 헤집어 버렸다.

─이번 삶의 그대는 행복해 보여 다행입니다······.

지영의 눈매가 꿈틀거리는 순간, 감독이 메가폰을 입에다가 가져다 댔다.

*　　　　*　　　　*

털썩.

집으로 돌아온 지영은 거실 소파에 주저앉았다. 대체 촬영을 어떻게 했는지 기억도 잘 안 날 정도로 정신이 하나도 없었다. 물론 촬영은 제대로 잘 끝냈다. 그 정도에 흔들리기엔 지영의 가진 정신력이 너무나 두터웠다. 잠시 흔들림은 있었어도, 휘어지거나 부러지지는 않았다.

두어 번 지영이 NG를 내긴 했지만 그 정도야 충분히 나올 수 있었다. 오히려 긴장했는지 매순이 여러 번 NG를 내는 바람에 시간이 꽤 오래 걸렸다. 해가 밝을 때 촬영을 끝내야 하는지라 스피드하게 진행했고, 4시 30분쯤 오케이 사인이 내려오고 촬영이 종료됐다. 지영은 감독과 스태프들에게 인사를 하고는 바로 집으로 왔다.

체력이야 항상 단련하니 괜찮은데, 머리가 무거웠다. 오늘 너무 신경 쓰는 일이 많이 생겨서 정신적으로 꽤나 지친 상태였다.

저녁 6시쯤인데 집에는 아무도 없었다.

일단 지영은 방으로 들어가 샤워를 했다. 찬물이 몸으로 달려들자 그나마 좀 정신이 개운해지는 것 같았다.

씻고 나온 지영이 다시 거실로 나와 냉장고에서 맥주 한 캔을 꺼내 소파에 앉았다.

치익, 딱.

벌컥벌컥 반 정도를 마시고 나자 샤워로 생긴 개운함에 시원함까지 깃들어 좀 살 만했다.

"후우……."

지영은 맥주를 내려놓고 다시 한번 마지막에 했던 조현의 말을 떠올렸다.

─이번 삶의 그대는 행복해 보여 다행입니다…….

"분명 이렇게 말했지……."

여기에 문제가 있나?

있다.

그것도 엄청 큰 문제가 있었다.

매순을 보고 행복해 보인다고 하는 거? 그 정도는 그녀를 부르기도 했으니 울며 겨자 먹기로 이해할 순 있었다. 그런데 그 이전에… 한 말이 있다.

"이번 삶……?"

피식.

실소가 흘러나왔다.

그가 이번 삶이라고 했다는 것은, 아주 명확하게 본인 스스로의 상황을 알고 있다는 뜻이 된다. 그 당시가 아닌, 이번 삶이라는 단어가 나왔으니 이건 의심의 여지가 없었다. 게다가 독립된 정체성을 확실하게 갖추었다는 뜻도 된다.

즉, 분리된 것이다.

강지영. 조현.

이렇게 말이다.

둘 다 본인이지만, 다르다고 생각하고는 있었지만 실제로 이런 일이 벌어지니 어이가 없었다.

"이러다 말도 걸겠네……?"

아니, 그럴 확률이 높았다.

이 정도면 진화라고 봐도 무방했다.

그 진화가 착실하게 이루어지면?

대화가 가능하게 될 것이다.

"이건 뭐 다중 인격도 아니고……."

피식.

얼굴은 웃고 있지만 지금 자신이 지영은 심각한 상황에 처했다는 걸 알았다. 지영이 가진 기억 서랍의 개수는 무려 구백구십구 개다. 이 기억들이 말을 걸면? 시도 때도 없이 튀어나오려고 하면?

물론 조현은 매순이라는 조건이 갖춰졌기에 나왔지만, 특정 조건에 여러 개의 기억이 얽히고설켜있다는 걸 지영은 잘 알고 있었다. 그럼 조건이 갖춰지고, 서랍이 날뛰기 시작하면? 생각만 해도 골치가 아팠다.

여기까지 생각이 미치자 샤워로 생긴 개운함, 맥주로 생긴 시원함은 온데간데없이 사라졌고, 다시금 답답함만 남았다.

그 답답함에 지영은 담배를 챙겨 '이러니 담배를 못 끊지'라고 자기 합리화를 하며 현관을 나섰다.

*　　　*　　　*

촬영 이후, 조현은 그날처럼 불쑥 말을 꺼내거나 하진 않았다. 이틀 뒤 은재의 촬영 때 현장에 나온 매순을 잠시 보고는 덜컥거리긴 했지만 전처럼 말을 하진 않았다. 지영은 일단 안심했다. 그렇게 여름 바다에 온 남자의 선글라스 속 눈동자처럼 이리저리 흔들리던 마음이 이틀 정도 지나자 가라앉았다.

은재도 촬영을 잘 마무리했다.

워낙에 강심장인지라 첫 촬영인데도 무리 없이 대사를 소화했고, 표정 연기도 훌륭하게 끝냈다. 김은채는 이날 아주 작정을 했는지, 촬영이 끝나고 은재를 공중파 연예가 중계 프로그램을 불러 인터뷰를 시켰다.

배우가 아닌 소설가란 직업이지만 어차피 유은재란 사람에 대한 관심도가 상당한지라, 인터뷰는 무리 없이 진행됐다.

인터뷰 내용도 무난했다.

다만 은재는 그렇게 무난하진 않았다. 화제성을 위해 옛 과거를 묻는 질문을 서로 합의하에 하나만 딱 넣었는데, 은재가 너무나 솔직하게 답변한 것이다. 은재를 인터뷰하던 리포터가 놀라서 안절부절못할 정도로 솔직한 답변이었다. 아니, 솔직함을 넘어 원래 예상했던, 그리고 적당히 바랐던 답변을 넘어선 대답을 은재는 너무나 태연하게 했다.

원래 과거사라는 게 연예인들에게는 참 묻기 힘든 질문이다. 워낙에 이런저런 과거들이 많기 때문이었다. 그래서 거의 요즘은 금기(禁忌)시 되어 있는 게 배우나 가수의 옛 과거다.

하지만 유은재란 인간에 대해 김은채는 네티즌들이 제대로 알기 바랐다. 특히 은재의 그 밝은 성격은 꼭 알길 바랐다. 그렇게 은재의 촬영이 마무리되고, '테러리스트'에 대한 기술 시사회가 편집 때문에 조금 더 미뤄지면서 다시 지영의 일상은 평범하게 돌아왔다. 지영은 특별한 일이 없으면 사무실도 나가지 않았다.

매미가 맴맴거리면서 얼마 남지 않은 삶을 불태웠고, 무더운 여름이 찾아왔다.

"아… 여기가 천국이다, 천국이야."

오랜만에 놀러온 송지원이 소파에 널브러져 중얼거린 말에 지영은 그냥 실소를 흘렸다. 천하의 송지원의 집에 에어컨이 없을까? 아마 가장 비싼 모델을 가지고 있을 거다. 그런데도 여기가 천국이라고 하는 걸 보면 또 일거리가 없으니 심심해서 저러는 게 분명했다. 그런 그녀 옆에는 이젠 부록처럼 딸려오는 칸나가 있었다.

무신 이후 미움을 잔뜩 받아 일본에서는 쪽박이지만, 반대로 한국에서 승승장구를 넘어 탑 배우가 된 칸나였다.

오죽하면 요즘 텔레비전만 틀면 그녀의 광고가 흘러나올 지경이었다. 화장품, 자동차, 가전, 건강 제품, 과자, 라면, 의류, 가방, 액세서리, 신발, 구두, 언더웨어에 심지어 여성 생리 용품까지 굵직한 회사의 CF는 거의 독점이다 할 정도로 찍어대고 있었다. 게다가 얼마 전엔 아예 귀화 신청까지 해버렸다…….

한국 이름은 강한나였다.

누가 봐도 성씨는 지영의 성을 따랐다 생각되고, 한나란 이름은 칸나란 이름과 비슷해서 지은 것 같았다.

이제는 엄연한 한국인이 된 칸나는 송지원의 부록이 되어 이렇게 지영의 집에서 놀고 있었다.

"칸나는 안 바빠요?"

"웅, 안 바빠. 여름을 노린 광고 촬영도 모두 끝냈지롱. 그런 고로, 두 달 간은 휴가야, 히히."

한국말도 이젠 현지인처럼 구사하는지라, 일본인이란 느낌은 아예 싹 사라졌다. 물론 모국어를 쓸 때는 또 누가 봐도 일본인이란 느낌이 들기도 했다.

"지영아… 우리 휴가 가자!"

"휴가요? 농담이죠?"

"아니, 진담인데. 완전 진담인데!"

송지원은 또 애처럼 떼를 쓰기 시작했다.

"에휴."

한여름이다, 한여름.

지영도 휴가가 가고 싶긴 했다.

하지만 지영이 휴가를 간다고 해봐라. 회사는 아주 피가 바짝바짝 마를 거다. 물론 아예 방법이 없는 건 아니었다.

무인도를 하나 빌려서 가면 최소한의 안전은 챙길 수 있다. 그런데 그렇게 하면 또 회사원들이 엄청 고생을 한다. 그걸 생각하면 가고 싶어도 갈 수 있는 상황이 아니었다. 근데 사실 송지원도 그걸 알고 있기는 하다. 그녀가 애처럼 굴지만, 절대로 애처럼 생각이 짧은 사람은 아니었다.

"휴가는 누나들끼리 다녀와요. 저는 아무래도 힘들어요."

"에휴, 우리 지영이 불쌍해서 어쩌니."

"인기인의 비애죠, 뭐. 그리고 휴가 못 간다고 죽는 것도 아니고 세상이 무너지는 것도 아닌데요, 뭘."

"그래도. 남들이 많이 하는 건 많이 하는 이유가 있는 법이거든. 우리도 사람인데 그걸 누리면서 좀 살아야지."

"어쩌겠어요, 제 상황이 이런데. 그리고 괜히 저까지 갔다가 누나들한테 불똥 튀면… 어휴."

지영은 그 생각에 진저리를 쳤다.

만약 그랬다간?

지영은 어쩌면 배우의 길을 벗어던질지도 몰랐다. 그리고 모든 돈을 긁어모아 다시 중동으로 떠날 것이다. 피의 복수를 다짐한 채 말이다. 지영은 그런 상황이 오는 건 절대로 사양이었다.

"올해도 휴가는 물 건너가는구나……."

송지원이 침울하게 중얼거리자, 컵 아이스크림을 먹던 칸나가 태연한 표정으로 그녀를 저격했다.

"언니, 작년에 저랑 오키나와 갔다 왔잖아요."

그 말에 좌절 모드를 취하고 훌쩍거리는 연기를 하던 송지원이 덜컥 멈췄다.

"아, 맞다."

"……."

"……."

그런 그녀의 반응에 지영도, 칸나도, 막 방문을 나와 지켜보던 은재도 전부 침묵한 채 실소를 흘렸다. 이제 사십 줄에 들어선 송지원은 처음 만났던 12년 전의 송지원과 하나도 변하지 않았다.

유쾌한 떼쟁이?

그 캐릭터를 끔찍하게 애정하며 고수하고 있었다.

"글 다 썼어?"

"응, 적당히 썼어. 밖에서 언니들이 하도 신나게 얘기하고 있어서 집중할 수가 있어야지, 흐흐."

은재가 나오자 쪼르르 달려온 송지원이 은재를 안아 소파로 옮겨줬다. 그러곤 목에 손을 감아 끌어안았다.

"아… 따뜻하다."

"에어컨 좀 줄일까요?"

"아니? 지금이 딱 좋아."

피식.

은재는 여전히 사랑받고 있었다.

그런 모습에 지영은 괜히 웃음이 나왔다. 그렇게 한참을 안고 있던 송지원이 은재를 놓곤 손을 들어 올렸다.

"솔 또 증판 들어간다면서?"

"네, 으흐흐."

"오우, 한턱 쏴!"

짝!

하이파이브를 한 송지원이 다시 은재를 안았다. 은재는 그냥 반항하지 않고 송지원의 품에 폭 안겨 있었다. 송지원의 말처럼 유은재 저, 솔은 벌써 2차 증판이 결정 났다. 최초 5천 부가 다 팔렸고, 추가 1만 부를 증판했는데 그것마저 벌써 다 팔릴 조짐이라 다시 2만 부를 추가 증판 했다.

예상하기로는 아마 무난하게 10만 부 이상을 찍지 않을까 생각하고 있었다.

근데 사실상 책 자체의 판매 권수는 많지 않았다. 하지만 한국이란 나라의 특성상 스마트폰으로 소설을 보는 인구가 2010년대 이후 기하급수적으로 늘어나서 증판이 결정됐다는 것 자체가 엄청 대단한 일이었다.

"인터넷에서도 엄청 팔린다며?"

"네, 흐흐. 외국에도 출간하려고 지금 번역하고 있다고 들었어요."

"우와… 엄청난데?"

"흐흐, 그럼요. 제가 누구 여잔데."

그러면서 힐끔 지영을 보는 은재의 행동에 지영은 그냥 피식 웃었다. 그런 은재가 귀여웠는지 송지원은 은재의 머리를 끌어당겨 가슴에 폭 안았다.

"읍… 숨 막혀요……."

"거짓말 마시지? 내가 사람 숨 막히게 할 사이즈는 아니거든?"

"…네."

"그렇다고 바로 인정하니?"

"흐흐."

저런 상황에서도 만담이 가능한 게 송지원이다. 칸나는 그런 송지원과 은재를 보며 키득키득 웃었다. 물론 여전히 아이스크림을 퍼 먹고 있었다. 지영은 문득 참 대단한 사람들이 한 공간에 있다고 생각했다.

강지영, 송지원, 칸나.

셋은 배우다.

지영이야 세계에서 주목하는 배우였고, 희망의 아이콘이라 불리는 사람이다. 송지원은 이제 할리우드에서도 주연 자리를 꿰찰 정도로 인지도를 쌓은 명실상부한 대한민국 탑 여배우다. 칸나는?

말할 것도 없다.

천년돌은 이제 옛말이었다.

천 년에 한 번 태어날까 말까 한 아이돌. 그걸 줄여서 천년돌이라고 부른다. 그런데 그 단어는 오히려 칸나의 연기력을 폄하한다는 의견이 이제는 지배적이었다. 왜? 아이돌의 연기력을 아득히 뛰어넘었기 때문이다.

그리고 이제 재능이 활짝 피기 시작하는 유은재까지. 어디하나 평범한 사람들이 없었다.

"은재는 돈 많이 벌면 제일 먼저 뭐 하고 싶어?"

"음……."

여전히 송지원의 품에 안겨 있는 은재가 곰곰이 생각에 잠겼다. 그녀의 생각은 제법 길게 이어졌다. 아마 진지하게 대답하고 싶은 것 같았다. 칸나와 송지원, 그리고 지영도 그런 은재를 재촉하지 않고 가만히 지켜만 봤다.

수 분이 지나고 은재가 천천히 입을 열었다.

"액수에 따라 다르겠지만… 제가 쓸 돈을 빼고 얼마 안 되면 저 같은 아이들을 지원하고 싶고, 많이 벌면 고아원을 짓고 싶어요."

"고아원?"

"네. 아, 아니다. 고아원도 겸한… 학교?"

헐…….

송지원이 뜨악한 표정을 지었다가 은재의 어깨를 밀어 똑바로 앉혀놓고 그녀의 눈을 똑 부러지게 바라봤다.

"그 말 진짜야?"

"네, 이런 걸로 거짓말해서 뭐 하겠어요?"

은재의 담담하지만 확고한 대답에 지영은 그녀의 앞에 의자를 끌어다 앉았다. 언젠가 은재가 옛날의 자신처럼 부모에게 버림받은 아이들에게 베풀고 싶다는 얘기를 한 적이 있었다. 하지만 그땐 좀 두루뭉술했다.

어떻게 지원할 것인가에 대한 체계가 잡혀 있지 않았기 때문이다. 하지만 지금의 은재는 그렇게 지원하는 것에 대해 명확하게 기준을 잡은 것 같이 보였다. 지영이 바라보자 은재는 좀 더 확실한 어조로 다시 입을 열었다.

"돈을 위해서 글을 쓰는 건 아니지만, 제가 쓴 글이 잘 되면 돈은 부수적으로 따라온다는 것쯤은 알아요. 뭔가 제 태생 때문에 노이즈 마케팅이 되어 일시적인 현상일 수도 있지만, 만약 잘되면 많은 돈을 벌게 되겠죠. 전 그 돈을 꼭 아이들을 위해 쓰고 싶어요."

처음에는 일반적인 지원을 꿈꿨을 것이다.

그러나 좀 더 목표에 대해 자세히 세우면서, 많은 돈을 벌면 고아원, 그리고 거기서 더 확대해 학교까지 목표가 올라간 게 분명했다.

"기특하네? 우리 은재."

"전 지영이의 은재인데요?"

"후후, 안 돼. 그냥 언니 은재 해."

"아, 그건 안… 꺄악!"

송지원이 은재의 옆구리를 마구 간지럽혔다. 그러자 은재는 몸을 비틀면서 꺄꺄거리고 난리가 났다. 지영은 그 모습에 피식 웃곤 의자에서 일어났다.

"어디 가?"

"밖이요."

"또 담배 피우러 가… 꺄흑! 언니!"

"으흐흐."

송지원이 은재를 잡아둔 틈을 타 지영은 방에서 담배를 챙겨 밖으로 나갔다. 항상 피우던 곳으로 가서 담배를 꺼내 문 지영은 은재가 했던 얘기를 곰곰이 생각해 봤다.

치이익.

"후우… 학교라……."

은재의 꿈이자, 목표였다.

좀 부피가 크긴 하지만… 지영이 누군가. 몸값 하나는 정말 작살나는 배우가 바로 강지영 본인이었다. 아마 대한민국 넘버원일 것이다. 참고로 '테러리스트' 때 받은 금액이 20억 가까이 된다. 한국에서는 엄청난 액수지만, 할리우드에 비하면 1/10도 안 되는 몸값이긴 하다. 대신 지영은 흥행 보너스가 상당히 높았다.

하지만 이것보다 은정백화점에서 들어오는 금액이 엄청났다. 일 년 정도 모아도 백억은 될 거다.

지영은 잠시 생각해 봤다.

'지금 벌어들이는 수입으로도 충분하겠는데?'

물론 당장 할 수 있는 건 아니었다.

은재의 목표는 자신이 번 돈으로 학교를 설립하고 싶다고 말했다.

지영의 돈이 아니라, 은재 본인이 번 돈으로 말이다.

괜히 말 잘못 꺼내면 은재의 자존심을 건드릴 수도 있었다. 그리고 지영이 아는 한 은재는 절대로 지영의 돈을 받아 자신의 목표를 이룰 사람이 아니었다. 지영은 이 부분은 좀 더 고민해 봐야겠다는 생각을 하면서 담배를 끄곤 안으로 다시 들어갔다.

그날 자정 지영의 집. 모두가 잠들 시간, 잠이 들지 않은 세 사람이 있었다. 임미정과 강상만, 그리고 지영이었다. 지영은 유례없이 상의할 게 있다고 두 사람에게 은재가 잠들기까지 기다려 달란 말을 몰래 전했고, 은재가 보통 잠드는 시간을 지나 2층 서재에서 은밀한 회동을 가졌다.

평상복 차림의 두 사람은 조금은 피곤한 눈을 붙잡고 지영을 기다리고 있었다.

"죄송해요, 밤늦은 시간에."

지영의 죄송하다는 말에 임미정이 얼른 고개를 저었다.

"얘는? 오랜만에 이렇게 가족끼리 오붓하게 모이니 엄마는 좋기만 한걸?"

"그러게 말이다. 요즘 우리끼리의 대화가 없어 아빠도 좀 서운하던 참이었다, 하하."

강상만까지 그리 대답해 주니 지영은 참 이번 생엔 좋은 부모님을 만났다는 사실을 다시 한번 깨달았다. 늦은 시간이라 커피를 준비할 순 없어서 임미정이 서재에 있는 포트로 차를 준비해 세 사람의 앞에 내려놨다.

"그래, 무슨 일이냐. 네가 이렇게까지 한 걸 보니 범상한 일은 아니란 생각은 들어 좀 무섭긴 하다만, 하하."

이번에도 강상만이 지영을 편하게 해주려는지 먼저 농을 섞어 말을 해줬고, 지영은 그에 가볍게 웃어 대답하고는 본론을 꺼내 들었다.

"두 분은 은재를 어떻게 생각하세요?"

"응? 그게 무슨 말이니?"

"말 그대로예요. 은재에 대한 두 분의 생각을 듣고 싶어요."

이게 뭔 자다가 봉창 두들기니 소리야? 하는 표정이 임미정과 강상만의 얼굴에 숨김없이 올라왔다. 근데 두 사람의 표정 변화는 당연한 일이었다. 늦은 야밤에 뜬금없이 이런 말을 꺼내면 누군들 어리둥절하지 않지 않을까?

"좀 더 깊은 얘기를 하고 싶어서 그래요. 그 얘기를 하기 위해선 두 분이 은재를 어떻게 생각하는지에 대해서도 중요해서요."

지영의 말에 그제야 임미정과 강상만은 진지한 표정이 됐다. 잠시 생각에 잠기는가 싶더니, 강상만에게서 먼저 대답이 나왔다.

　"흠… 며늘아가라 생각하고 있다. 수양딸이라 생각하고도 있고."

　"엄마도 마찬가지야. 설마 우리가 너 때문에 참고 은재를 대하고 있다는 생각을 하는 건 아니지?"

　뒤이어 임미정의 대답도 나왔다. 지영이 작게 웃는 순간 임미정이 말을 더 이었다.

　"엄마는 처음 보는 순간 은재에게 홀딱 반했는걸? 그 어려움 속에서 너무 대견하게 잘 버텨줬고, 잘 커줬잖니. 그거 쉬운 거 아니야. 그런 아이라 우리 지영이가 반했구나, 하는 생각도 했고."

　"감사합니다."

　"감사하기는. 근데 왜 그런 걸? 너희들 결혼하고 싶어 그러니?"

　결혼.

　아직 스무 살이다.

　평생을 함께할 사이에 은재도, 지영도 마음이 돌아설 가능성이 정말 거의 없는 상황이지만, 아직은 일렀다. 무엇보다 결혼이라는 건 인륜지대사라 불릴 정도다. 그러니 충분히 신중

해야 했다.

특히, 지영은 자신을 아껴주는 팬의 마음도 신경 써야 했다. 뭐든지 마음대로 하지만, 그렇다고 팬의 마음에 상처를 주는 것도 마음대로 해서는 안 될 일이었다. 지영은 그 부분을 아주 잘 인지하고 있었다.

"아니요. 결혼은 좀 더 이따가 하려고요. 그러니 결혼에 대한 얘기는 아니에요."

"그럼 뭔데 이렇게 뜸이 들이고 그러니? 엄마 아빠 속마음을 떠볼 정도로 다른 중요한 얘기가 있니?"

"네."

지영은 일단 두 사람의 생각을 확인했으니, 낮에 있었던 일에 대해 간단한 설명을 내놨다. 두 사람은 묵묵히 지영의 얘기를 들었다. 설명이 끝나자 임미정과 강상만은 바로 곰곰이 생각에 잠겼다.

다른 것도 아니고 학교다.

그것도 고아들만 다니는 학교.

현실성이 떨어진다고?

아니, 다른 사람도 아니고 지영이 꺼냈으면 그리 현실성이 떨어지지 않는다. 게다가 강상만까지 추가하면 더더욱 그렇다.

돈?

학교 설립에 가장 많이 들어가는 건 당연히 돈이다. 땅을

사야 하고, 건물을 지어야 한다. 건물을 짓는 데만 엄청난 돈이 들어갈 것이다. 당연히 전문가가 투입되어야 하고, 설계도, 인부들의 삯, 재료값, 하루 이틀 만에 완성될 게 아니니 정말 엄청난 돈이 들어갈 것이다. 건물을 다 지으면? 교육 설비를 들여야 한다.

PC부터 시작해 책상, 의자, 교과서, 실험 도구, 체육 기구, 공부를 위한 도서관까지. 장난 아니다, 진짜. 그걸로 끝이냐고?

더 있다.

교육을 위한 선생님들을 모집해야 한다. 모집한다고 끝나나? 월급이 나가야 된다. 몇 명을 모집할지는 모르지만 월급만 해도 상상 이상이다. 고아들이니 기숙사는 필수다. 은재도 그걸 원했다.

식비를 포함한 수도, 전기 요금도 엄청날 거다.

혜택을 받을 수 있을지도 모르지만 그건 지영이 정책이나 법률에 대해서는 잘 몰라 확신할 수 없었다.

그 외에도 수두룩하다.

고아들을 대상으로 할 예정이니 전액 무료가 될 것이다.

천문학적 액수가 필요할 거라는 예상이 들었다.

물론 스케일을 좀 줄이면 학생이 될 고아들을 많이 모집 안 하면 금액은 훅 낮아지긴 할 것이다.

생각에 잠긴 두 사람은 지금 진위 여부보단, 금액에 대해 생각하고 있었다. 중간중간 혼잣말로 땅, 건물… 식비 등등의 말이 나오는 걸 보니 거의 확실했다. 생각이 끝났는지, 임미정이 크게 한숨을 내쉬었다. 그러자 강상만도 턱을 문지르던 손을 내리고 지영을 바라봤다.

"후우. 당황스럽네요, 여보."

"그러게. 은재가 이런 생각을 하고 있었다는 게 놀랍기도 하고. 기특하기도 하고."

"후후, 아들이 정한 반려잖아요? 역시 달라도 뭔가 한참 다르긴 해요."

웃으며 하는 농담에 지영도 같이 웃었다. 후, 하아. 다시 크게 한숨을 쉰 임미정이 똑바른 눈으로 지영을 보며 입을 열었다.

"아들 생각은 은재가 하고 싶은 꿈, 그러니까 목표를 이루는 데 도움을 주고 싶다는 말이지?"

"네. 많은 돈이 들겠지만, 전 돈 욕심이 없으니까요."

"우리 집안이 그렇긴 하지. 하지만 문제가 많은 건 알지?"

"네."

지영은 당연히 문제가 많음을 알고 있었다.

복지에 가까운 운영이 될 텐데, 솔직히 이게 진짜 쉬운 게 아니었다. 쉬웠으면 국가에서 이미 하고도 남았을 것이다.

하지만 더 큰 문제는…….

"은재랑은 아직 얘기 전이지?"

"그게 가장 큰 문제죠."

"은재가 저렇게 실없이 보여도 자존심이 센 아이니까."

그건 인세가 들어오자마자 임미정에게 생활비를 준 것만 봐도 알 수 있었다. 육체적인 도움이야 어쩔 수 없는 노릇이었다. 장애인의 분류에 들어가는 은재니까. 하지만 금전적인 도움은 상황상 여태껏 받았지만, 능력이 되면 그러지 않는 게 은재다. 그리고 절대로 과하게도 받지 않았다.

그녀가 받는 도움은 살아가는 데 아주 기초적인 것들뿐이었다. 밥, 이불, 옷. 딱 이 정도였다. 그런데 지영이 대뜸 학교를 운영하는 데 도움을 주겠다고 하면? 과연 은재가 그걸 받을까? 지영도, 임미정도 그리고 셋 중에서 은재와 가장 친하지 않은 강상만이 보기에도 은재는 절대로 받지 않을 거라는 걸 알고 있었다.

지영이 아는, 임미정과 강상만이 아는 은재는 그런 아이였다.

"쉽게 생각할 문제가 아니겠네. 그리고 급하게 생각해서도 아니고."

"그래서 일단 상의만 드리는 거예요. 저는 이쪽으로는 잘 모르니까요."

"후훗, 그러니."

임미정은 지영을 흐뭇한 눈으로 바라봤다.

아들이 사랑하는 여자를 위해 학교를 설립하고 싶단다. 임미정은 이 부분에는 조금의 서운함도 없었다. 하지만 그 이전에 정말 사람답게 가진 것을 베풀고 싶다는 생각을 한다는 것 자체가 기특하고 대견했다.

그리고 아들이 선택한 아이, 은재도 마찬가지였다. 힘들었던, 외로웠었던 어린 시절의 삶을 기억하고, 그때의 자신과 같은 처지에 처한 아이들에게 희망이 되어주고 싶다는 그 마음씨가 너무나 예뻤다.

"혹시나 해서 물어보마."

"네."

조용히 있던 강상만이 지영에게 말을 건넸다.

"많은 돈이 들어갈 거다. 안 아깝겠느냐?"

"저희 집안이 돈에 연연하진 않잖아요? 아버지, 어머니 닮아서 그까짓 돈, 하나도 안 중요해요. 그런 돈보다는 저는 제가 어떻게 인생을 사는지가 더 중요합니다."

피식.

지영과 비슷한 웃음을 흘려낸 강상만은 그냥 조용히 고개만 끄덕여 줬다.

"그리고 솔직히… 지금도 차다 못해 넘치는 돈이 매 분기마다 들어와요."

"그건 알지."

"그 돈, 어차피 다 쓰지도 못하는 것도 알고 있어요. 그러느니 좋은 곳에 쓰이는 게 더 좋다고 생각해요."

"그렇기야 하겠다."

은정백화점의 분기 수입이 벌써 매달 들어오고 있었다. 1, 2분기 수입이 상당했는지, 그 돈만 해도 벌써 50억 가까이 쌓여 있었다. 그런 수입이 매 분기마다 은정백화점이 망하거나 정미진의 마음이 변하기 전까지 들어온다. 평생 수입원치고는 정말 어마어마한 액수다. 그런데 이제 완전히 자리를 잡은 은정 백화점이 망할 일도 없거니와, 정미진의 마음이 바뀔 일도 없었다.

몇 년 만 쌓아놓으면?

아마… 정말 단일 개인으로서는 대한민국 순위권에 가는 현금 부자가 되고도 남았다. 그리고 그게 끝이 아니었다. 영화로 벌어들이는 돈도 지영은 상당했다. 돈 때문에 걱정할 일 자체가 하나도 없다는 소리다.

"네가 벌어들이는 돈이 없어도, 우린 먹고살 만하다. 이 애비 연봉도 꽤 되고, 네 엄마 월급도 꽤 된다. 이 집도 대출금을 다 갚았으니 문제없고, 나중에 연금도 착실히 나올 거니 우리 가족 사는 데 아무런 문제도 없다. 지연이 키우는 데 들어가는 돈도 충분하고. 어차피 죽으면 갖고 가지도 못할 돈, 그렇게 쓰는 게 차라리 훨씬 낫다."

강상만의 말에 지영은 가만히 고개만 끄덕였다.

원래부터 물욕이 없으신 분들이라, 말을 꺼내겠다고 마음먹었을 때 두 분이 거절하지 않으리란 걸 지영은 알고 있었다.

"은재만 허락하면 네 말대로 하거라. 정 뭐 하면 네 엄마랑 아빠가 같이 설득해 주마."

"감사합니다. 일단 은재한테는 제가 먼저 상황 봐서 말 꺼내볼게요. 그래도 안 되면 어머니랑 아버지가 좀 도와주세요."

"그렇게 하마."

임미정이나 강상만이나 둘 다 지영을 흐뭇한 눈으로 바라봤다. 애정이 가득 담긴 눈빛이었다. 지영은 일어나 고개를 꾸벅 숙였다.

"감사합니다. 늦었는데 얼른 주무세요."

"아빠랑 좀 더 얘기 좀 하고 잘 테니 먼저 내려가. 내일 스케줄 있니?"

"아니요. 기술 시사회가 취소되어서 아마 내일도 집에 있을 것 같아요."

"그래? 그럼 내일은 마당에서 바비큐 해 먹을까?"

"좋죠. 근데 아버지 시간 괜찮으시겠어요?"

"내일 오랜만에 일찍 퇴근하는 날이잖니. 요즘 해도 길고, 지원이나 칸나도 불러. 더 부를 손님 있으면 부르고. 오랜만에 마당에서 시끌벅적하게 저녁 먹자."

"네, 그럴게요. 그럼 내려갈게요."

인사를 한 지영은 서재를 나와 1층으로 내려왔다. 은재의 방을 힐끔 본 지영은 방으로 들어갔다. 그러곤 바로 침대에 누웠다. 은재의 말에 즉흥적으로 움직였다. 그런데도 임미정과 강상만은 흔쾌히 고개를 끄덕여 줬다.

지영도 그렇고, 임미정이나 강상만은 워낙에 물욕이 없었다. 그런데 반대로 돈은 정말 엄청 잘 벌어들였다.

'후… 이제 은재를 어떻게 설득하나?'

아직 남은 산은 있었다.

두 분의 허락을 받았지만, 가장 큰 산인 은재가 남았다.

지영은 이 산을 어찌 넘어야 하나 고민을 하다가, 잠에 빠져 들었다.

chapter61
진화(進化)하는 변수(變數)

주말, 류승현 감독에게서 편집에 좀 더 시간이 걸릴 것 같다는 연락이 왔다. 지영은 급할 게 없는지라 알겠다고, 조급해하지 마시고 천천히 해도 된다는 말을 해줬다. 아무래도 그는 강지영의 하이재킹 이후 복귀작이 되는 터라 부담을 많이 받고 있는 것 같았다. 신경을 써주겠다는데 그러지 말고 그냥 내보내잔 말을 할 수는 없어 그렇게 얘기해 주는 게 지영으로서는 최선이었다.

신작의 감독을 맡아줬으면 했던 나가시와 테츠야 감독은 몇 번의 상의 끝에 결국 거절했다. 예상하지 못했던 건 아니지만 그는 꽤나 극우적 성향을 가지고 있었다. 그래서 처음부터 별로 탐탁지 않게 생각하더니, 몸값을 엄청나게 부르는 만행을 저질러 결국에는 지영의 고개가 저어지게 만들었다.

감독직은 좀 더 고민해 보겠단 말을 하고, 임수연 작가의 신작은 잠시 진행을 멈춰놓은 상태였다. 영상미에 독특함이 섞여 빼어나야 하는지라, 그에 어울리는 센스를 가진 감독을 찾는 게 쉽지만은 않았다.

덕분에 지영은 또 빈둥빈둥 할 일이 없어져 버렸다.

무더위가 기승을 부리는 여름. 완전한 여름의 중간에 접어들면서 밖의 출입도 최대한 자제하는 지영이었다. 사무실도 웬만해서는 잘 안 가는지라 지영은 거의 온종일 집에만 틀어박혀 있었다.

물론 탱자탱자 노는 건 아니었다.

매일 아침저녁으로 운동도 꾸준히 해주고 있었고, 김지혜가 월요일마다 가져다주는 대본도 전부 체크하고 있었다. 그럼 남는 시간은? 은재와 오붓하게 보내고 있었다. 지영은 아직 은재에게 학교 설립 건에 대해 말을 꺼내진 않았다.

유은재라는 한 명의 인간의 자존심에 상처를 주고 싶진 않았기 때문이다. 그래서 그녀의 자존심을 지켜주며 설득할 방법을 여러 가지로 모색 중이었지만 아직까지 마땅한 방법이 떠오르진 않았다.

"후······."

그게 요즘 최대의 고민거리였다.

급하게 밀어붙일 수도 없는 노릇이라 당장은 할 수 있는 게 없었다. 대본을 내려놓은 지영은 무음으로 돌려놨던 폰을 들었다. 당장 열댓 개의 메시지가 와 있었다. 전화도 세 통. 지영은 일단 통화 목록부터 확인했다.

송지원.

송지원.

김지혜.

지영은 일단 김지혜에게 먼저 전화를 했다.

뚜르르, 뚜르르, 뚜르······.

—네, 매니저 김지혜입니다.

"저예요. 전화하셨던데."

—아, 사무실에 황 배우님이 왔다가 갔습니다.

"그래요? 무슨 일로요?"

—용건은 밝히지 않고 지영 씨만 찾았습니다. 연락이 안 되니 바로 돌아갔고요.

"아아, 연락처 남겨두신 게 있나요?"

—네. 안 그래도 연락되면 바로 전화 좀 달라고 번호 남겨놓고 갔습니다.

"바로 보내주세요."

―네.

"다른 용건은 없는 거죠?"

―네.

그럼 수고해 주세요, 하고 전화를 끊고 잠시 기다리자 바로 김지혜에게 황정만의 번호가 왔다. 지영은 전화를 걸까 하다가, 일단 송지원에게 먼저 걸었다. 이번에도 김지혜처럼 뚜르르, 뚜르르, 단조로운 연결임이 들리다가 뚝 멎었다.

―요!

"전화했었어요?"

―응! 했지! 어디야?

"집이죠. 왜요?"

―부탁이 있어서.

"부탁요?"

―응, 칠 번에서 하는 '즐거운 밤에'라는 프로 알지?

즐거운 밤에?

지영은 잠시 생각하다가 무슨 프로그램인지 생각났다.

"음… 네, 알아요. 그게 왜요?"

―이 누나가 게스트로 출연하기로 했거든. 영화 홍보도 할 겸.

"아아……."

대충 무슨 뜻인지 알 것 같았다.

—영화 홍보 팀이랑, 소속사 홍보 팀에서 급하게 잡았거든. 어제 겨우 결정 났는데, 촬영이 오늘 저녁이야. 나도 오늘 아침에 연락받았어. 그래서 지금 급하게 피부과 다녀오고, 숍으로 가는 길이야.

피식.

뭐 번갯불에 콩 구워 먹는 것도 아니고, 그리 급한지 모르겠다. 하지만 그녀의 영화가 개봉하는 날이 이 주 주말이니, 나가서 홍보를 할 거면 이번 주에 하는 게 그래도 최선이긴 했다.

"아침부터 바쁘네요. 그래서요?"

—아까 대본 받아보니까 친한 동료 연예인한테 전화 거는 것도 있더라고. 그래서 이따가 너한테 전화할지도 몰라. 음… 한 열 시쯤?

"알았어요."

그녀가 부탁은 하지 않았지만, 이 정도면 찰떡같이 알아들을 수 있는 지영이었다.

—오케이, 혹시 괜찮으면 와줘도 되고. 마침 촬영장이 니네 집에서 그리 안 멀더라, 호호.

"그건 봐서요."

—알았다, 알았어. 용건은 이걸로 끝!

"네, 누나 방송 잘하고요."

─걱정 마셔. 숍 도착해 간다. 끊는다!

뚝. 전화를 끊은 지영은 메시지를 확인했다. 다 송지원에게 온 메시지라 따로 답장은 보내지 않고 확인만 한 지영은 냉장고에서 주스를 하나 꺼내 밖으로 나갔다.

매앰, 매앰.

작열하는 태양에 지영의 표정이 절로 찌그러졌다. 한 10분만 밖에 있으면 새까맣게 타는 건 아닐까 싶을 정도로 무지막지한 햇빛이었다. 항상 피우던 곳에 가서 앉은 지영은 잠시 휴식을 취했다. 담배도 하나 피워주고, 주스도 마시고 쉬기를 10분. 다시 폰을 꺼내 김지혜가 보내준 번호로 전화를 걸었다.

뚜르르, 뚜르르, 헤이 브라······.

─여보쇼. 황정만이요.

전화 받는 것도 참 독특했다.

그래서 피식 실소를 흘리고 나서야 지영은 인사를 했다.

"선배님, 안녕하세요. 저 강지영입니다."

─오우, 우리 강 배우 아녀? 어쩐 일이여?

"선배님이 아까 사무실 찾아오셨다고 들어서요. 번호도 남기셨고. 그래서 전화드렸어요."

─이, 맞네. 내가 그랬제. 지금 어디여?

"집입니다."

─집? 잘됐네. 바빠?

"아니요. 저녁에 잠깐 약속 있는 거 빼면 괜찮습니다."

─그려. 아니, 다른 게 아니라, 너 민석이 형님 알지?

"누구요?"

─최민석 형님 말여. 왜, 나랑 새로운 세계 같이 찍은 형님 있자녀.

"아아……."

대한민국에서 내로라하는 배우 중, 가히 세 손가락에 들어 갈 만한 연기력을 지닌 배우가 바로 최민석이다. 특히 새로운 세계 전에 찍은 '악마'라는 작품에서 보여준 연기력은 가히 연 기의 끝판왕이라고 말할 정도로 엄청났다. 그래서 그해 열린 영화제에서 악역임에도 불구하고 주연상을 거머쥐었을 정도였 다.

지영이 태어나기도 전에 이미 영화계에 레전드였던 게 바로 최민석이다.

"네, 알아요. 근데 그 선배님은 왜요?"

─아니, 내가 너랑 술도 마시고 밥도 먹었다고 여기저기 자 랑했더니 엊그제 그 형님께 전화가 왔드라고. 너랑 자리 좀 한번 못 만드냐고.

"아아……."

─그 형님이 그럴 형님이 아니자녀. 원체 성깔도 있고, 자존

심도 세고. 그래서 거절은 몬 하고 일단 알것습니다. 물어는 보겠습니다, 하고 끊었지. 전화로는 예의가 아닌 것 같아 아침에 찾아갔던 거고. 나가 또 미루는 스타일은 아니거던.

"음……."

그가 왜 자신을 보자고 할까?

잠깐만 생각해 봤는데도 답이 나왔다.

그는 좋은 시나리오가 생기면 직접 발로 뛰어가 다른 배우들을 섭외하는 걸로 유명하다. 일례로 새로운 세계에서도 이 자성 역의 이정준을 직접 찾아가 너 나랑 작품 하나 하자, 이랬던 말은 전설로 떠돌 정도였다.

쨌든, 그런 최민석이 자리를 만들어달라고 했다면 99% 작품 얘기일 확률이 높다.

"네, 괜찮습니다."

─증말? 잘 생각했다, 야. 집이라고 그랬제? 니가 나오기는 좀 그러니까 내 지금 형님 모시고 얼렁 넘어갈라고. 이따 보자고.

쇠뿔도 단김에 빼라고, 지영은 '네, 조심히 오세요' 답을 해 주곤 전화를 끊었다.

최민석. 나이 60이 넘은 배우지만 이직도 기력이 정정하다 못해, 에너지가 흘러넘치는 모습을 보여주고 있었다. 한번 만나보는 것도 나쁘지 않았다. 그리고 작품에 대해서는 정말 깐

깐한 그가 무슨 시나리오를 들고 올지 기대도 됐다.

안으로 들어가 방을 대충 정리했다.

그러던 중에 은재가 밖으로 나왔다.

"글 다 썼어?"

"응응, 오늘은 이상하게 잘 써져서 벌써 다 썼지롱, 흐흐."

"수고했어. 마실 것 좀 줄까?"

"그래주시면 감사합니다요."

피식.

냉장고에서 보리차를 꺼내 컵에 따라 은재의 앞에 놔준 지영은 집에 황정만과 최민석이 오늘 찾아올 거라는 얘기를 전했다. 그러자 은재는 눈을 동그랗게 떴다.

"진짜?"

"응. 한 시간 정도면 오지 않을까 싶은데?"

"우와… 내 남자 역시 대단해! 그런 대배우님들을 만나러 가는 것도 아니고 찾아오게 만들다니……."

"하하, 내가 나갈 여건이 안 좋아서 그런 거야."

"흐흐, 그래도."

은재는 엄치를 척! 들어 올렸다.

집안이야 항상 유선정이 청소를 해줘서 치울 것도 없었다. 집안 도우미처럼 일을 하지만 실제로는 은재의 비서다. 그리고 그런 그녀의 연봉은 무려 8천에 가깝다. 웬만한 중소기업의 사장 월급에 가까웠다.

은재의 얘기로는 이번 해가 가면 1억까지 올라갈 거라고 했으니, 여러모로 대단한 사람이었다.

도란도란 얘기를 하고 있길 30분쯤, 황정만에게 전화가 왔다. 최민석을 픽업했고 출발하니까 집 주소를 알려달라고 해서 알려주곤, 정순철에게 메시지를 넣어 두 사람이 방문할 거라는 걸 알렸다.

지영은 시간을 확인했다.

오후 세 시가 조금 넘은 시간이었다.

저녁을 먹기도 애매해 일단은 비스킷과 차를 준비했다.

둘은 20분 만에 지영의 집에 도착했다.

대문을 열고 밖으로 나가니 터덜터덜, 비슷한 걸음걸이로 황정만과 최민석이 돌계단을 걸어 올라오고 있었다.

"에헤이, 브라더!"

"선배님, 안녕하세요."

"그려그려, 와우! 집이 장난이 아니구만?"

아하하.

지영은 그의 감탄사를 대충 넘기고, 최민석에게 인사를 했다. 아니, 하려고 했는데 그가 먼저 불쑥 손을 내밀었다.

"반갑다. 나 최민석이다."

"네, 선배님. 강지영입니다."

인사와 함께 내민 손을 잡자 그가 단단하게 맞잡고는 흔들었다.

"음음, 살아 있네. 살아 있어."

그러곤 손을 놔줬다.

황정만이 피식 웃고는 능글맞게 물었다.

"형님, 눈빛이 장난이 아니지라?"

"그러게 말이다. 이런 눈빛 참 오랜만에 본다."

두 사람의 칭찬에 지영은 일단 가만히 기다렸다. 지영을 빤히 보던 최민석이 먼저 움직였다. 파라솔이 쳐져 있는, 지영이 담배를 피우던 장소였다. 그가 왼손에 들고 있는 두툼한 서류 봉투를 보며 지영은 역시 시나리오 문제로 온 게 틀림없구나 하고 생각했다.

다행히 편한 의자 세 개가 있고, 파라솔이 넓어 햇빛을 잘 가려주고 있었다.

그가 털썩 의자에 앉자 황정만도 그 옆에 앉았다.

"음료수 좀 가져오겠습니다."

"음료는 됐고, 맥주 있음 주라."

"네."

시선을 황정만에게 돌리자 와? 하고 입을 벙긋거렸다.

"차 끌고 오셨잖아요?"

"대리는 허벌이여?"

피식.

"네."

지영은 바로 안으로 들어가 냉장고에 있던 맥주를 통 하나에 전부 담았다. 둘 다 말술 중에 말술인 걸 알아서 한두 개가지고는 또 귀찮게 움직여야 될 거란 예상 때문이었다. 그러곤 각 얼음 한 봉을 꺼내, 통에 전부 들이부었다. 안주는 대충견과와 비스킷만 담아서 바로 밖으로 나갔다.

파라솔로 가니 둘은 벌써 담배를 태우고 있었다.

"역시 브라더, 센스가 있어?"

"이 정도 센스 없이 어떻게 연기를 하겠어요?"

"으핫! 그것도 그려? 형님, 여기."

치익.

황정만이 맥주를 따서 최민석에게 건네줬다. 그걸 받는 행동도 참 자연스러웠다. 지영도 별로 불쾌한 감정은 들지 않다. 거만한 모습은 아니었기 때문이었다.

담배와 맥주.

이 더운 날 조합상으로는 가히 최고였다.

"후우, 일단 용건부터 하자."

담배를 다 피우고 꽁초를 통에 버린 그가 자세를 바로 잡고 서류 봉투를 지영에게 슥 밀었다. 봉투를 받은 지영은 바로 끝부분을 뜯고, 안에 든 책 한 권을 꺼냈다. 책의 정면에 적힌 제목이 지영의 시야에 들어올 때, 최민석의 말이 날아들었다.

"니, 나랑 작품 하나 하자."

그 말에도 지영은 시선을 들지 않았다.

〈왕야(王爺), 숙(肅)〉

그 익숙한 제목을 보는 순간, 서랍이 드르륵! 열렸다.

―이번엔 짐(朕)의 차례인가……?

폭군 이건이 눈을 떴다.

지영의 분위기가 뚝 떨어지자, 황정만과 최민석이 놀란 눈으로 지영을 바라봤다. 화르르……. 짙푸른 불꽃이 타오르는 효과를 지영의 주변에 입혀놔도 아주 잘 어울릴 것 같았다. 그만큼 삽시간에 돌변한 지영의 모습에 앞에 있던 두 사람은 놀라움을 금치 못했다.

"이거 참……. 천생 배우라는 말로도 모자라겠구만, 그래."

"클클, 확실히 그라죠, 형님? 내 해준 형님 말 듣고도 사실 잘 안 믿었는데, 보자마자 딱 알아보겠더라고."

"물건이다, 이놈. 저 작품 어떻게 해서든 내 같이 한번 해봐야겠다."

"내 자리는 있소?"

"니 이름값에 어울릴 만한 배역이야 있긴 하지만 그리 좋은 역할은 아니겠더라."

"지금 그게 중요하겠소? 이 인간이랑 카메라 앞에서 한번 호흡을 맞춰보는 게 중허지."

"그럼 너도 이따 갈 때 우리 사무실에 들러 대본 하나 가져 가라."

"알겠소."

지영은 두 사람의 대화를 들으면서 시선은 제목에 꽂아놓고 대화를 하고 있었다. 육성으로 이루어진 대화도, 필담(筆談)도 아니었다. 머릿속에서 주고받는 신개념 대화였다.

─짐이 세상에 나가려면… 광대 짓을 해야 한다는 건가. 이거 참… 가당치도 않군. 그대는 어떻게 생각하나?

'나를 인지하고 있나?'

─그럼, 물론이다. 짐은 그대를 인식하고 있다. 수백 년 세월이 지나고 태어난 또 다른 짐이여.

'언제부터 인지했지?'

─꽤 되었다. 그저 나오지 않았을 뿐.

'그럼 왜 지금 나왔지?'

─질문이 많구나. 자리가 적당치도 않은데 말이다. 그대와 나의 대화는… 조금 이따가 하는 것이 어떻겠느냐?

피식.

이 미친 새끼 보게…….

지영은 욕이 튀어나오려는 걸 겨우 막았다.

폭군 이건의 등장은 지영의 눈빛을 한없이 차갑게 만들었다. 그리고 그 눈빛 속에 일렁이는 짙은 광기는 매우 농도가 짙어, 앞에 있는 두 사람이 순간 흠칫하게 만들 정도였다.

"이제 대화 좀 해보는 게 어떠냐. 이리 살벌한 기세를 풍기니, 이거야 원. 말 한 마디 걸기 힘들어."

"아… 죄송합니다."

최민석의 말에 지영은 현실로 돌아왔다.

─짐은 밤이 좋다. 특히… 만월의 밤이 좋더구나, 후후.

드르륵, 탁!

서랍이 닫혔다.

자의로 나오고, 자의로 들어갔다.

'미치겠네……'

지영은 이상 현상을 절대로 좋아하지 않았다. 계산되지 않는 변수는 그 자체로 치명적인 요소를 품고 있다고 생각하는 편이기 때문이다. 하지만 지금의 변수는 지영이 정말 어떻게 할 수 있는 부분이 아니었다.

"이제 좀 괜찮혀?"

"네, 선배님. 죄송합니다. 후배가 건방지게… 오랜만에 숙 캐릭터를 봤더니 옛날 생각이 나서요, 하하……."

지영답지 않게 일단 얼버무리고는, 최민석에게 고개를 숙여 사과를 했다. 그러자 그는 손을 휘휘 저었다.

"배우에게 그런 감정은 필수 요건이지. 조건반사적이라…
더 마음에 든다. 그보다 어떠냐."

"작품 말인가요? 아직 읽어보진 않았지만 매우 끌립니다."

"그래, 신은정 작가가 니가 돌아오고 나서부터 쓰기 시작
해, 지금에야 내놓은 작품이다."

신은정 작가.

지영을 데뷔시킨 작가였다.

엄청난 사극 마니아로 그녀가 쓴 작품은 거의 사극이었다.
옛 시대를 배경으로 하면 퓨전이든, 판타지든 가리지 않고 써
대는 작가였다. '리틀 사이코패스'와 다른 한 작품을 빼면 진
짜 전부 사극이다.

그런 그녀가 지영의 귀환과 동시에 집필을 시작한 작품. 그
게 어찌 된 일인지 최민석에게 먼저 가 있었다.

"종찬이가 친구다. 작업실 놀러갔다가 제수씨가 쓰고 있다
는 미완의 원고를 우연찮게 보게 됐다. 보는 순간 알았다. 이
작품, 내가 해야겠다고. 그리고 숙을 보는 순간, 니가 떠올랐
다. 뭐, 나중에도 너로 정해놓고 썼다고, 니가 하지 않으면 이
작품은 시작도 안 할 거라는 말까지 들었다, 허허."

"……"

지영은 말없이 고개를 끄덕였다.

신은정 작가는 그런 사람이었다. 지영의 몇 분 안 되는 연기를 보고, 묵혀두고 있던 '리틀 사이코패스'를 꺼내 완성시켰다. 그녀는 좋든 나쁘든 버릇이 있는데, 작품을 시작할 때 그 배역에 대한 배우를 이미 맞춰놓고 글을 쓴다. 그래서 그 배역의 이미지는 딱 그녀가 정한 배우가 아니면 소화하기가 힘들었다. 일종의 맞춤 캐릭터였다. 그래서 이번에도 그녀는 강지영이란 배우의 귀환에 숙을 꺼내 들었다.

성인 숙을 이미 '제국인가, 사랑인가'에서 다른 배우가 했지만 솔직히 그 정도야 문제가 되지는 않을 것이다. 할리우드 영화만 봐도 시리즈 중간에 배우가 바뀌는 일이 종종 있었고, 연기에 문제만 안 되면 팬들도 인정하고 이해해 주기 때문이었다.

지영이 복귀하고 나서 아직 작품 활동을 한 적은 없지만, 클래스는 영원하단 말이 있듯이 지영의 연기는 조금도 퇴색하지 않았다.

오히려 성인이 되자 연기의 폭이 훨씬 늘어났다.

지영은 작품을 보는 순간, 확 끌리는 현상을 느꼈다.

하지만… 당연히 문제가 있었다.

'보자마자 이건이 일어났어……. 컨트롤이 가능할까?'

그는, 그때의 자신은 비록 광기에 사로잡혔으나 매우 이성적인 괴물이었다. 지금도 마찬가지였다. 조현처럼 맹목적으로 매순만 바라보지 않고, 지영에게 대화를 걸어왔다. 솔직히 지금 지영은 그와의 대화가 더욱 중요했다.

왜?

아직 이건의 어떤 생각인지 모르기 때문이다. 하지만 그렇다고 최민석과 황정만을 돌려보낼 수도 없었다.

이래저래 골치 아픈 상황이었다.

"그럼 야가 숙, 형님은 무슨 역이요?"

"악치원이라고, 새로운 캐릭터다. 귀례 빰치는 놈이지."

"흐미, 그럼 개새끼 역 아니요? 형님, 그거 괜찮겠소? 악역은 더 이상 안 한다 하지 않았소?"

"놓칠 수 없는 악역이라서 말이지."

"흘흘, 그렇구먼."

노인네처럼 웃은 황정만이 씩 웃으며 뭔가를 생각하는지 바로 낯빛을 굳혀갔다. 지영은 일단 대화에 끼어들지 않고 가만히 있었다. 하지만 최민석이 그렇게 두진 않았다.

"생각할 시간이 필요하냐?"

"음……."

작품을 할 건지, 말 건지에 대한 시간이다. 최민석은 굉장히 직선적이고, 질질 끄는 걸 싫어하는 전형적인 사나이였다.

"촬영 날짜는 언제로 잡을 생각인지 알 수 있을까요? 안 그래도 저도 신작을 준비하고 있는 게 있어서요."

"신작? 아아, 정만이랑 같이 들어간다는?"

"네."

"그건 언제 찍을 생각이냐?"

"가을 중순부터 겨울 초입 생각하고 있습니다."

"흠… 그럼 됐다. 내년 이 월쯤 크랭크인 생각 중이라 하더라."

"음……."

그렇다면… 좀 촉박하긴 해도 시간이 아예 없지는 않다. 지영은 나쁘지 않다고 생각했다. 성인이 된 숙 왕야 역이라 끌림이 있었기 때문이었다. 특히 눈앞에 있는 이 최민석이란 배우와 호흡을 맞춰보고 싶었다.

"네, 하겠습니다."

"하하, 잘 생각했다."

최민석이 전에 없이 활짝 웃으며 손을 내밀었고, 지영은 그 손을 가볍게 잡았다. 그러자 힘껏 흔드는 최민석. 황정만은 그때야 생각에서 벗어났다.

"음머, 벌써 두 작품 결정 난거? 겁나 잘나가, 강 배우?"

"선배님도 같이할 생각 아닌가요?"

"해야지. 근데 적당한 게 있으려나 몰러. 선배님이야 악역도 한 번 했지만, 난 거의 안 했거든. 얄미운 역할은 해봤어도 말이제."

"신 작가님이면 충분히 수정하거나 만들어줄걸요?"

"흠… 일단 알겠어. 내 직접 한번 찾아가봐야겠구먼."

둘 다 이제 흰머리가 희끗희끗하다 못해 반 이상을 덮고 있지만, 기력과 열정만큼은 정말 장난이 아니었다.

지영은 자신보다도 훨씬 더 좋을지도 모른다는 생각까지 들었다.

"형님, 그럼 다른 배역은 누가 하요?"

"순은 김민재, 모낭여는 유민아를 생각한다더라."

"흠… 그 아들이면 꽤 괜찮긴 허겠네요. 야가 좀 살살해 주면 말이요."

"그렇기야 하지."

둘은 치얼스, 하더니 맥주를 단숨에 마셨다.

지영도 맥주를 하나 까서 마셨다. 시원한 맥주가 들어오자 부르르 끓던 감정이 조금은 차분하게 가라앉아 갔다.

탁!

맥주 하나를 다 마신 최민석이 시계를 흘끔 보더니, 의자에서 일어났다.

"형님 벌써 가시게요?"

"한다는데 더 있어봐야 뭐 하냐. 깊은 얘기는 나중에 술 한 잔하면서 하면 되는 거지. 그리고 남의 집에 와서 오래 있어 봐야 폐만 끼치는 거다."

"아따, 야가 그런 거에 서운해할 아는 아닌디. 뭐, 형님이 간다는디 내 혼자 있어 봐야 뭐 햐. 같이 가요."

황정만은 사투리 잡탕밥 같은 대답을 하곤 바로 따라 일어났다. 당연히 지영도 일어났다. 일어나서 최민석이 확실히 굉장히 직선적인 타입이라는 생각을 할 때, 그가 손을 내밀었다.

"잘 부탁한다."

"네, 선배님. 저도 잘 부탁드리겠습니다."

"그래. 조만간 연락할 테니까, 소주 한잔하자."

"네."

"갈게. 담에 보자고."

황정만의 인사에 똑같이 인사를 하자 둘은 바로 지영의 집을 떠났다. 둘이 나가고, 지영은 다시 의자에 앉았다.

"흠……."

지영은 한숨을 내쉬었다.

둘 때문에 정신이 없어 내쉰 한숨이 아니라, 변수가 된 서랍 때문에 나온 한숨이었다.

"폭군 이건……."

지영은 육성으로 불렀고, 서랍을 열었다.

드륵, 드르륵! 덜컥!

머릿속에 울린 효과음과 함께 다시금 지영의 기세가 일변하기 시작했다.

─짐은 만월의 밤을 좋아한다고 했건만……. 그대가 가장 잘 알 터인데?

'알지. 하지만 내가 지금 너를 신경 써줄 상황이 아니라서.'

─후후, 놀랐는가. 전생의 나이자, 현생의 짐이여?

'지금의 나는 폭군 이건이 아니야. 그건 너 또한 잘 알 텐데?'

─알지, 알다마다. 오랜 세월… 서랍에 있었던 짐이 누구보다 잘 알지.

'왜 나왔지? 왜 이렇게 변했지?'

지영은 단도직입적으로, 바로 물어봤다.

그러자 후후후… 낮고 음산한, 거기에다 광기까지 어린 조소가 들려왔다.

─그거야 신의 뜻이 아니겠는가.

'신……? 너나 내가 신을 믿었었나?'

─생 중엔 믿지 않았지. 신이 있었다면 그리 가혹한 시절을 내게 주었겠나. 하지만 지금 나의 존재를, 너의 존재를 설명할 방법은 그 단어를 빼곤 도저히 설명이 불가함을 현생의 짐 또한 알고 있지 않은가?

'……'

확실히…….

폭군의 말은 확실히 정답이었다.

지영이나, 임수민의 존재는 정말 '신'이란 불특정 존재를 제외하면 도저히 설명이 불가능했다. 자연의 섭리로 태어났다?

"말도 안 되는 개소리지……."

자연이 도대체 어떻게 강지영과 임수민을 만들 수 있겠나. 자연은 그냥 자연일 뿐이다. 의지가 없다고는 말 못 하겠지만, 반대로 이러한 힘을 발휘할 수 있는 존재도, 단어도 아니었다. 그러니 '신'을 뺄 수는 없었다.

지영은 자신의 이번 삶이 참으로 지랄 맞다고 생각했다. 좋은 가정, 좋은 사람들, 그리고 사랑하는 연인까지. 이것만 본다면 축복받았다고 할 수 있었다. 하지만 또 반대로 강지영이란 인간을 둘러싸고 벌어지는 일들과 계속 등장하는 변수를 생각하면 무조건 좋다고 말할 수 있는 상황이 아니었다.

─후후, 그래도 현생의 짐은 과거의 짐보다는 더 나은 삶을 살고 있지 않은가.

'……'

지영은 침묵으로 답을 했다.

폭군 이건의 목소리가, 목소리에 담긴 감정이 심상치 않았기 때문이다.

─짐에게는 그리 가혹함을 안겨주었을 뿐인데, 현생의 짐에게는 그래도 행복을 주었구나. 부럽구나. 부러워……. 그래서… 부숴 버리고 싶구나.

'……'

—이걸 어쩌나… 짐은 또 다른 짐을… 파멸로 인도하고 싶어졌구나.

폭군(暴君), 이건(李建).

광기(狂氣)에 사로잡혔던, 아니, 스스로 광기를 뒤집어썼던 희대의 악왕(惡王)이 결국 그 본모습을 드러내기 시작했다.

피식.

이건(李建)의 말에 지영은 그냥 웃었다.

그가 본인의 삶에서도 손에 들 정도로 잔인했던 삶을 살았다는 건 부정할 수 없는 사실이다. 하지만…….

'적당히 까불어. 그 삶이 너 혼자만의 것은 아니니까.'

지영도 이건이다.

본인이라고 해도 된다.

그래도 아무런 하자가 없다.

전생의 자신이 현생의 자신을 위협한다?

정말 말도 안 되는 개소리다.

지영은 지금 이 삶이 깨지게 내버려 두고 싶은 생각이 조금도 없었다. 언제나 자신의 편인 강상만과 임미정, 그리고 지연이. 가족뿐만이 아니다. 지영을 생각해 주는 사무실 동료들이 있고, 송지원과 카나, 간간이 연락해 오는 레이샤도 있었다.

그들이 끝?

더 있다.

이제는 지영의 편이라고 해도 과언이 아닌 김은채가 있고, 가족에게는 미안하지만… 이번 생에 가장 중요한 사람인 연인 유은재가 있다.

'그런 내 삶을 박살 내겠다고?'

농담도 정도가 있다.

아무리 재미있는 농담도 과하면 재미가 없게 마련이다. 하물며 진담이 과하면? 그건 사람의 기분을 나쁘게 하는 정도로 안 끝난다.

만약 정말 이건이 자신의 삶을 깨뜨리려 한다면 지영은 무슨 수를 써서라도 막을 것이다.

'나이자 너의 서랍을 봉(封)해서라도 말이다.'

그러니 자만하지 말아라… 이건.

지영의 말이 끝나자마자, 이건이 다시금 반응을 했다.

—후후, 현생의 짐이야말로 자만하지 마라. 내가 이 정도의 존재가 되었음을 간과해서는 안 될 것이다.

'그래서? 악령처럼 빙의라도 하시려고?'

—잡귀 따위와 짐을 비교하다니, 이 무슨 자기 능멸이란 말인가. 이 삶의 우리들은 진화를 이루고 있다. 어디까지 진화를 이룰지는 신의 뜻이겠으나, 지금의 짐이라도… 그대의 삶에 막대한 영향을 끼칠 수 있다.

피식.

그 말에 지영은 또다시 웃고 말았다.

신. 신. 그놈에 신……. 지영이 가장 부정하고 싶지만, 부정할 수 없는 존재를 칭하는 단어를 들을 때마다 기분이 너무 더러웠다. 이건이 기어 나온 탓인지, 앞에 실제로 존재만 한다면 모가지를 따버리고 싶은 욕구가 불쑥 솟구칠 정도였다.

지영은 외부에도 적이 있는 마당에, 내부에도 적을 만들 셈이 되어버렸단 생각이 들었다. 그것도 무지하게 위험한 놈이 적이 됐다.

욕심, 본능에 너무나 충실한 인간이 적이 됐으니 말 다했다.

그래서 그런가?

불쑥 이 대화가 귀찮고 지치기 시작했다.

아예 만사가 다 귀찮아지고 있었다.

'그만 꺼져.'

—다음, 만월(滿月)을 기약하도록 하자.

지랄…….

드르륵, 탁!

지영은 서랍을 바로 닫아버렸다.

골치 아픈 생각은 이제 그만하고 싶었다.

뇌가 너무 팽팽 돌아갔고, 머릿속에 목소리가 직접 울려서 그런지 정신적인 피로감이 굉장했다. 지영은 요즘 이런 피로감이 너무 싫었다. 특히 좀 전처럼 딱히 해결 방법이 없는 문제 때문에 받은 피로는 아예 최악이었다.

치익.

맥주 하나를 벌컥벌컥 마시고 다시 하나를 딴 지영은 의자에 깊게 등을 묻었다. 오랜만이었다. 이렇게 꼼짝도 하기 싫어진 건 말이다. 담배 생각이 간절했으나, 안으로 들어갔다 오는 것 자체까지 귀찮아졌다.

10분, 20분. 30분.

1시간이 지나서야 지영은 어느 정도 회복을 했고, 그제야 일어나 집 안으로 들어갔다.

*   *   *

대박.

흔히 대박이라는 단어는 하는 일이 잘 풀렸을 때 주로 쓴다. 그리고 그 단어를 지금, 은재한테 쓸 때였다.

은재의 솔이 해외에서 대박이 났다.

특히 미국과 중국에서 번역본이 올라옴과 동시에 다섯 시간 만에 랭킹 1위를 찍는 기염을 토했고, 일주일이 지났는데도 여전히 1위를 수성하고 있었다. 그렇게 일간, 주간 랭킹 1위를 찍었고, 감상평 또한 미국에선 10점 만점에 9점대, 중국에선 5점 만점에 4.5점 이하로 떨어지질 않았다.

현지 뉴스에도 나올 정도로 무시무시한 기세를 내보이며 엄청난 구매 수를 기록하기 시작했고, 돌풍은 더욱더 거세졌다. 그렇다고 두 나라에서만 인기를 끄는 것도 아니었다. 지영을 싫어하는 일본에서도 좋은 평가를 받고 있었고, 유럽 전역과 캐나다 쪽에서도 잘 팔려 나가고 있었다.

그럼으로써 수입이 엄청나게 늘어나기 시작했다. 그 인기에 힘입어 한국에서 내놓은 증판본도 전부 팔려 3차 증판에 들어갔고, 해외 각국에서도 번역본을 계속 증판하기 시작했다.

구매 예약 수가 100만 가까이 된다는 말이 나왔을 때는 출판사 전체가 축제에 빠졌다는 말이 나왔을 정도였다. 이 시대에 100만부는 그야말로 대박 중에 대박이다. 하지만 종이책보다 훨씬 더 많이 팔린 유료 연재 건수로 인해 은재와 계약한 매니지먼트는 아예 초대박이 나버렸다.

종이책 인세는 증판을 거치면서 계약 수정을 해 기성 작가들의 기본 인세인 10%을 넘어 12%까지 올라갔다.

유료 인세 또한 기존 5 대 5에서 7 대 3으로 수정이 됐다. 언론 매체는 소설가 유은재가 단박에 돈방석에 앉았다며 연일 보도를 해댔고, 그와 별개로 한강 작가 이후 세계에서 인정받은 소설가가 탄생했다는 보도도 같이 내보냈다.

은재의 소설, '솔'은 바로 영화, 드라마, 연극 제작이 결정되었다. 둘 다 대성그룹 산하 매니지먼트와 엔터테인먼트에서 직접 담당한다는 보도도 나왔다. 물론 전부 좋은 기사만 나간 건 아니었다. 솔의 인기의 이면에는 강지영의 연인이란 타이틀이 한몫했다는 기사도 나갔고, 노이즈 마케팅의 이례적인 인기란 기사도 나갔다. 하지만 그런 기사는 얼마 안 가 조용히 사라졌다.

네티즌들이 인정해 주지 않았기 때문이다.

솔의 인기에 은재에게도 드디어 팬 카페가 생겼다.

안티 팬 카페가 아닌 은재의 소설을, 은재의 인성을 좋은 시선으로 봐준 사람들이 대거 가입하기 시작했다.

그렇게 돌풍에 중심에 선 유은재지만, 정작 본인은 그저 담담할 뿐이었다.

＊　　　　＊　　　　＊

지영과는 다른 의미로 대스타가 된 은재였지만, 일상은 여전히 변함이 없었다.

"이야… 우리 은재."

송지원이 은재를 안고 볼을 콕콕 찌르면서 흐뭇한 미소를 짓는 것도, 칸나가 자기 일처럼 손뼉을 치며 축하를 해주는 것까지 정말 변함이 없었다.

"은재는 대박 날 줄 알았어?"

"설마요. 그걸 제가 어떻게 알겠어요, 흐흐. 그냥 잘됐으면 좋겠다, 잘 때마다 소원했던 게 전부예요."

"설마! 우리 은재의 소원을 신께서 들어준 건가!"

피식.

송지원의 너스레에 지영은 그냥 웃고 말았다.

"이걸로 은재 꿈 이루는 건가?"

"꿈요? 아… 학교."

"응, 학교. 우리 착한 은재의 꿈. 기사 보니까 소규모라면 충분히 하고도 남겠던데?"

"흐흐, 많이 들어온대요."

"나도 알아, 이것아."

송지원은 그런 은재가 귀여웠는지 다시 품에 안고 뺨을 비벼댔다. 은재는 그래도 싫은 기색 없이 받아줬다. 그러다 지영과 눈이 마주치자 브이를 그러곤 씩 웃었다. 지영은 그런 그녀를 보면서 이제는 굳이 설득할 필요는 없어서 다행이란 생각이 들었다. 아직 돈도 들어오지 않았지만, 기사를 통해 지금 은재가 하루에 벌어들이는 수입이 얼마나 되는지 대충 알고 있긴 한 상태였다.

당장 작품으로만 벌어들이는 수입을 보자면 은재가 훨씬

더 많다고 해도 될 정도였다. 소설이란 게 그렇다. 지영처럼 일정 금액을 받는 걸로 끝나는 게 아닌, 소비자가 많으면 많을수록, 계약 조건에 따라 1/n로 은재에게 모두 들어온다. 그러니 은정백화점 수입만 없었다면 지영은 은재에게 게임도 안 됐을 거다.

"진짜 한 일이 년 후엔 은재가 이사장인 학교를 볼 수도 있겠어요."

칸나의 말에 지영은 고개를 끄덕였다.

잠시 반짝이는 거일 수도 있다.

한순간 폭탄이 터진 것처럼 거대하게 피었다가, 바람에 휘날려 사라지는 연기처럼 쏙 들어갈 수도 있었다. 영원불멸 잘 팔리는 작품은 세계적으로도 손에 꼽을 정도였다. 은재의 소설이 그 반열에 들어갈 수도 있겠지만, 반대로 들어간다는 보장도 없었다.

하지만 하늘이 은재를 돕는지, 아니면 강지영의 연인이란 은재에게서 뗄 수 없는 타이틀 덕분인지, 지금 당장은 막연했던 꿈이 정말로 그녀의 코앞으로 다가와 있었다. 물론 그걸 티내는 성격이 아닌지라 담백한 얼굴일 때가 더 많았지만 지영은 알 수 있었다. 기쁨이라는 감정이 수줍게 숨어 있음을 말이다.

슬슬 저녁 시간이 되자 둘 다 약속이 있다며 집을 나갔고,

지영은 은재와 함께 거실에서 얘기를 나눴다. 지영은 솔직하게 부모님과 상의했었던 내용을 얘기했다. 은재의 반응은 재밌었다. 놀랐다가, 깊게 생각에 잠겼다가, 다시 활짝 웃었다.

"고마워. 날 생각해 줘서."

"뭘, 나도 그렇고, 너도 그렇고. 우리 집안도 그렇고. 애초에 돈 욕심이 없는 사람들인데."

"흐흐, 그래도. 단순히 도와주겠다는 생각은 누구나 할 수 있지만, 어떻게 도와줘야 그 대상의 자존심에 상처를 입히지 않을까, 거기까지 생각해 주는 건 정말 힘든 일이잖아?"

"내가 널 아니까 그렇지."

"나도 널 알아서 고마운 거야, 흐흐."

"정말 학교 지을 거야?"

지영은 다시 한번 물어봤다.

과연 꿈을 꿈대로 둘 것인지, 아니면 다른 방식으로 지원을 할 건지.

인생의 반려가 처음으로 하고 싶은 일이니 지영은 확실하게, 그리고 자세하게 알아둬야겠다고 생각했다.

"할 거야. 다만 좀 더 틀을 짜야 할 것 같아. 지영이는 알아? 부모님이 없다는 사실보다 더 우리들을 서럽게 만드는 게 뭔지?"

"음……."

뭘까, 과연 어떤 일이 은재가 '우리'라고 통칭한 고아들을 힘들게 했을까? 답은 오래 생각지 않아 나왔다.

"시선."

"정답. 불쌍함, 동정, 멸시의 감정을 담은 시선이 우리를 가장 힘들게 했어. 고아란 타이틀을 단 우리들을 말이야."

"……."

말을 하는 은재의 표정은 아련함이 깃들어 있었다. 옛날이야기라도 하자는 걸까? 지영은 그게 아님을 알고 있었다. 굳이 옛날 얘기로 대화의 주제에서 벗어날 은재가 아니었다.

"생각해 봤어. 그런 우리들만을 위한 공간을 만들고, 우리들만 그 안에서 배우고, 뛰어 놀아. 우리만 먹고, 자. 그럼 그 공간 밖에 있는 사람들은? 과연 우리를 어떻게 볼까?"

"같겠지. 옛날과……."

"아마 그럴 거야. 지영이가 아는 나는 단단한 사람이잖아? 근데 그런 나조차 그런 시선은 많이 힘들었거든. 그럼 나처럼 단단하지 못한 아이들이 견딜 수 있을까? 나는 힘들 거라고 봐."

"……."

지영은 은재의 말에 고개를 끄덕였다.

인식이라는 것은 그리 쉽게 변하는 게 아니었다. 그건 대성과 오성의 지저분한 언론 전쟁에서 은재에게 쏟아진 멸시와 조롱 가득한 악플만 봐도 충분히 알 수 있었다.

은재는 학교를 만들고, 학생을 전원 고아만 받았을 때 주변에서 보내 올 시선을 걱정하고 있었다.

지영도 잠시 생각해 봤는데도 공감이 됐다.

아이의 마음은 하얀 백지처럼 깨끗해서, 보는 이들을 웃음 지을 수 있게 한다. 하지만 반대로 너무 하얘서, 쉽게 오염될 수 있다는 단점 또한 있다. 어릴 적 상처는 쉽게 치료되지 않고, 심지어 평생 간다. 지금 은재가 그 부분을 짚은 것도 그 시절 자신이 그만큼 힘들었고, 기억에 남았기 때문에 말한 게 분명했다.

'그렇다고 애들을 학교에만 가둬둘 수도 없으니······.'

한창 뛰어놀 나이다.

모든 것이 새로울 나이다.

호기심이 폭발하는 나이다.

그러니 기숙사를 지은다고 해도 학교에서만 생활하는 건 무조건 불가능했다. 그리고 애들 교육에도 필히 좋지 않은 영향을 미치고도 남았다.

그래서 지영은 이 부분은 확실히 문제가 될 거라는 생각이 들었다.

"내 남자, 좋은 생각 없을까?"

"무슨 좋은 생각?"

불쑥 들려오는 소리에 시선을 돌려보니 현관문이 열려 있었는지, 소리 소문 없이 들어온 김은채가 삐딱한 자세로 서 있었다.

"어, 언제 왔어?"

"지금. 근데 뭐, 내 남자? 니네 그렇게 닭살 돋는 호칭으로 부르고 노냐? 아오……."

"흐흐, 왜? 듣기 좋기만 한데?"

"됐거든? 내 앞에서 그렇게 또 불렀다간 주둥이 꿰매 버린다, 진짜."

휙!

딱 봐도 비싸 보이는 백을 소파에 대충 던진 김은채가 바닥에 털썩 주저앉았다. 그러곤 땅이 꺼져라 '하아…' 깊은 한숨을 토해냈다.

"왜? 무슨 일 있어?"

"아니. 그냥 이십 년 세월 놀다가 일하려니 적응이 안 돼서."

"아… 근데 좋은 거 아냐?"

"이 나라 수십만 실업자들에 비하면 나야 다이아 수저 물고 태어나서 상황이 좋긴 하지. 하지만 그래도 힘든 건 힘든 거야. 높은 자리에 앉아 있는 사람은 그 사람만의 고충이 또 반드시 존재하는 법이거든. 뭐, 이렇게 말해봐야 배부른 소리로 밖에 안 들리겠지만."

"……."

김은채의 말은 전부 공감할 수 없어도, 전부 공감할 수 없는 것도 아니었다. 사람은 개인마다 고충이 있는 법이고, 네게 더 힘든 고충이니 내 게 더 힘든 고충이니 할 수는 없는 법이기 때문이다.

지영은 그래도 저 싸가지가 그런 사실을 알고 있어 다행이란 생각이 들었다.

"후우. 그래서? 무슨 좋은 생각? 니들 또 뭐 꾸미냐?"

김은채의 질문에 은재는 조용히 자신이 생각했던 꿈과 그 꿈을 이루기 위해 필요한 조건들, 그리고 시선에 대한 얘기를 차분하게 늘어놓았다. 김은채는 은재의 얘기를 중간에 한 번도 끊지 않고 끈덕지게 들었다. 그걸 보면서 그래도 대화의 기본은 알아 다행이란 생각이 다시 든 지영이었다.

5분 정도에 걸쳐 설명을 끝내니, 김은채가 바로 고개를 절레절레 저었다. 그 뒤에는 은재를 보면서 안타깝기도, 가소롭기도 한 표정으로 말문을 열었다.

"학교를 운영하는 게 얼마나 힘든 일인지는 알고는 있어?"

"아니."

"그것도 모르면서 지금 학교를 열겠다고? 제정신이니?"

"응. 난 힘들고 어려운 나 같은 아이들을 꼭 지켜주고 싶어."

"야."

"이거 하루 이틀 생각한 거 아냐. 입혀주고 재워주고, 그것만 해줘도 아이들이 얼마나 좋아하는지, 얼마나 큰 도움을 받는지 넌 모를 거야."

"나야 모르지. 하지만 그렇다고 아예 모르는 것도 아니야. 난 너의 어릴 적 모습을 옆에서 전부 보고 들었으니까."

"그럼 이것도 알겠네? 나를 지켜주는 든든한 울타리의 의미."

"하……."

김은채는 다시 고개를 절레절레 저었다.

그녀는 아마 은재나 지영보단 기업, 사업, 복지, 이런 쪽의 제도나 설립 과정, 그리고 위험성에 대해 잘 알고 있을 게 분명했다. 고등학교를 안 가고 3년간 죽도록 배웠기 때문이다. 그런 그녀가 지금 걱정하는 건 복지란 밑 깨진 독에 물 붓기나 다름없는 제도라는 걸 알기 때문이다.

학교 설립?

고아원을 겸한?

기숙사까지 있는?

돈이 아무리 많아도 하기 힘든 게 바로 이런 보건, 교육, 생활 쪽 복지다. 그래서 보통 기업의 후원이나 정부의 후원까지 받아가며 한다. 정부 보조금이란 게 괜히 있는 게 아니다.

그녀는 은재의 통장으로 들어올 돈이 어느 정도가 될지 아주 잘 아는 사람이다. 왜? 비서실을 통해 매출액과 은재의 계약 조건에 따른 정산 금액을 이미 뽑아봤기 때문이다. 지금 이 순간에도 유은재란 인간에게 정산될 예정인 금액은 일반인이 상상하기 힘든 액수였다. 그걸 잘 아는 김은채지만, 이번 만큼은 유은재의 뜻에 동의를 해줄 순 없었다.

돈이 아까워서?

설마……. 김은채란 인간이 가진 돈도 어마어마하다.

주식과 개인 소유 빌딩에, 오피스텔, 차명 계좌에 이미 예전에 돌려놓은 비트코인까지. 일반인이 상상하기 힘든 금액을 소유한 김은채다.

그러니 은재의 돈에 욕심이 나지도 않았고, 은재가 가지게 될 돈이 그러한 복지로 빠져나가도 아깝지 않았다.

"야, 너는? 너도 같은 생각이야?"

"나나 우리 집안이 원체 돈 욕심이 없어서. 죽으면 다 찾아서 땅에 묻어달라고 할 것도 아니고."

"미치겠네. 아주 그냥 대단한 성자 납셨어요."

"야, 하나만 솔직하게 물어보자."

"뭐, 말해."

"이게 그렇게 반대할 일이냐?"

"……."

김은채는 그 질문에 지영을 빤히 바라봤다.

그러다 잠시 후, 또 고개를 절레절레 저었다.

지영이 목 부러지겠단 생각을 할 때 김은채의 입이 열렸다.

"둘 다 진심이네. 하아… 이 고집불통들을 말릴 방법도 없고…… 돌겠다, 돌겠어. 이사장님이랑 총장님은? 두 분도 반대 안 해?"

"적극 지지하시던데. 도움도 주실 것 같고."

"……"

그 말에는 김은채의 표정이 진지하게 변했다. 이미 복지 사업을 하고 있는 임미정과 대한민국 법의 수장이라 할 수 있는 현역 검찰총장이 지지한다면 얘기가 좀 달라지게 마련이다. 임미정도 유명하지만 강상만은 더욱 유명하다.

그런 그가 은재와 지영의 생각에 동의했다?

그럼 정부 자체의 지원도 노려볼 만했다.

물론 여기저기서 더럽게 물어뜯겠지만…….

'이 집안 사람들이 구더기 무서워서 장 못 담그는 성격들은 아니지.'

김은채는 생각을 고쳐먹기로 했다.

"흐음, 그렇단 말이지……"

그리고 그렇게 생각을 고쳐먹겠단 생각을 듦과 동시에 그녀의 머릿속에 내재되어 있던 사업 회로가 팽팽 돌기 시작했다.

복지라는 게 아까도 말했듯이 밑 깨진 독에 물 붓는 거나 다름이 없단 말을 절대 부정 못 할 정도로 수입이 형편없다. 하지만 물질적인 수입만 없을 뿐이지, 그룹의 대외 이미지를 올리는 데 복지만큼 좋은 것도 없었다.

'그것도 무상 복지는 이미지 개선에는 최고의 카드지.'

김은채는 고모이자, 여제 김조선이 원하는 그룹이 '전 사원이 함께 행복한 그룹'이라는 걸 잘 알고 있었다. 지금도 그걸 위해 밑바닥부터 은밀하게 조정을 해나가고 있었다. 본인이 주도하는 무료 의료 서비스도 그걸 위한 포석이었다.

그런데 교육까지 발을 걸치면?

'더 이상 좋아질 수 있는 이미지도 없겠는데?'

선진국에서 가장 신경 쓰는 게 바로 의료 서비스와 교육 서비스다. 김은채는 그걸 잘 알고 있었다.

"언니."

"응?"

"눈이 변한 걸 보니 한 발 걸치고 싶은가 보네?"

"뭐야, 왜 또 갑자기 언니야. 뭐 부탁할 거 있지, 너?"

"오히려 내가 부탁해 줬으면 하는 눈치인걸?"

피식.

피식.

피식.

은재의 대답에 실소가 좌우, 앞에서 흘러나왔다. 지영까지 이미 말에 담긴 의도와 김은채의 얼굴을 통해 그녀의 생각을 읽어낸 게 분명했다.

"뭐, 눈치챘으니까 그냥 들이댈게. 나도 지분 좀 주라."

"지분?"

은재가 고개를 갸웃하자, 김은채는 그런 은재를 보며 씨익 웃었다.

"땅. 생각해 보니까 좋은 데가 생각났거든. 그거 내가 교섭하게 해주면 우리 이름으로 선전과 적당한 지원을 할게. 의료 서비스와 비슷한 맥락이라고 봐도 좋아."

"흠······."

은재는 잠시 생각에 잠겼다.

본래 혼자의 꿈이었는데, 지영이 발을 들어 이미 선을 넘었고, 지금은 김은채까지 그 꿈에 발을 담그려 하고 있었다. 사업 경험이 없는 그녀라 쉽게 대답을 못 하고 망설일 수밖에 없었다.

"고민할 것 없어. 그런 큰 복지 사업을 니네 둘이 하긴 어차피 무리야. 전문가들이 죄다 달라붙어도 단시간 안에 시작도 못 하는 게 복지라는 놈이거든. 내가 적당히 발 걸치면 우리 회사의 전문가들이 알아서 다 해줄 테니 둘은 너무 머리를 안 써도 좋고. 서로에게 좋은 일이야."

"그래도. 복지는 돈 잡아먹는 괴물이라는 정도는 나도 알거든. 괜히 나중에 잘 안 돼서 금전적인 피해만 주면 어떡해?"

"그 정도로 휘청거릴 그룹으로 보여, 우리가?"

"아니, 그건 아니지."

대성그룹은 공룡이다.

대한민국 3대 그룹이라 칭해지는 오성, 중원, 그리고 대성. 그 누구도 부정할 수 없는 대기업이었다.

그런 곳이 복지 사업에 발 좀 댄다고 휘청거릴 일은 절대로 없었다.

"좀 더 크게 보면 거기서 졸업한 학생들을 우리 그룹에서 스카우트해 갈 수도 있어. 인적 자원의 확보가 가능해지는 거지. 은재 너도 그렇지만, 어려운 유년 시절을 보낸 아이들은 대개 두 가지로 갈리잖아?"

"비뚤어지든가, 아니면 악착같이 노력하든가."

"응. 만약 학교를 정말 설립하고, 교육을 시작하면 아이들 멘탈만 잘 잡아주면 돼. 열심히 해라. 그럼 대성에서 스카우트해 간다. 직접적으로 연결되어 있으니 이건 절대로 거짓말이 아니다. 이런 말로 잘 다잡아만 놓으면 나중엔 우수한 사원들이 대거 대성으로 유입되겠지. 그런 만큼 그룹에 대한 애사심(愛社心)도 엄청날 거고."

"누이 좋고 매부 좋고?"

"응. 꿩 먹고 알 먹고지."

지영은 김은채의 마지막 대답에 피식 웃고 말았다. 역시 김은채는 생각의 방향이 달랐다. 은재는 순수한 호의로 꿈꿨었다. 하지만 김은채는 아이들에 대한 호의나 걱정이 아니라 그룹에 대한 이미지와 멀지 않은 미래에 졸업할 우수한 학생들의 확보에 초점을 맞추고 있었다.

'방향은 달라도, 욕할 수는 없지.'

그런 김은채를 욕할 수 없다고 지영은 생각했다.

애초에 마인드가 다르다.

하지만 무료 의료 서비스 복지 프로젝트도 그렇고, 지금도 그렇고. 김은채도 생각하는 게 그리 모나진 않았다. 전형적인 재벌가 딸내미긴 하지만 그래도 일반인에게 피해는 주지 않았다. 그래서 지영은 나쁘지 않다고 생각했다.

"그래서? 네가 생각했던 땅이 어딘데?"

"충주."

"충주?"

"응."

아니, 무슨 충주에 꿀 발라놨나?

임수연 작가가 사는 곳이기도 하고, 지영이 은재와 서로 마음을 확인한 곳이기도 했다.

"거기 중원물산에서 물류 센터를 만들려고 했다가, 내부 사

진화(進化)하는 변수(變數) 265

정 때문에 취소됐거든. 근데 이미 취소 당시 땅도 확보했고, 센터까지 지어놓은 상태였어. 그래서 돈을 엄청 날렸다고 작년인가 재작년인가 떠들어댔었거든? 우리 그룹에서 산다고 하면 아마 싼 값에 살 수 있을 거야."

"그래?"

"응, 잠깐만. 직접 보는 게 빠르겠지."

김은채는 바로 비서에게 전화를 걸어 중원 물류 센터 충주점에 대한 정보와 사진을 죄다 가져오라고 시켰다.

"좀 쉴까? 담배도 한 대 피우고 싶고."

"응. 나도 화장실 갔다 올래."

"오케이."

까닥까닥.

김은채는 또 지영에게 턱 끝으로 밖으로 따라 나오란 신호를 보냈다. 그냥 불러서 해도 될 걸 꼭 저렇게 사람 기분 나쁘게 불러낸다.

'하여간 저것도 재주야.'

욕 처먹을 재주.

그러나 지영도 이제는 포기했다.

저걸 말해봐야 고칠 김은채가 아니기 때문이다.

오히려 고친다고 하면 더 무서워질 것 같으니, 그냥 내버려 두는 최선책이었다.

밖으로 나와 항상 피우던 곳으로 가자, 이미 김은채가 담배에 불을 붙이고 길게 빨아들이고 있었다.

"후, 후우……."

지영도 담배를 하나 꺼내 물고는 김은채의 앞에 앉았다.

"후우… 마실 거 안 들고 나왔어?"

"니가 가져다 먹어."

"쯔쯔, 쪼잔하기는."

챙겨주기도 싫고, 귀찮을 뿐이다.

하지만 지영은 그냥 대꾸도 하지 않았다.

담배 하나를 무슨 1분도 안 되어 다 태운 김은채가 벌떡 일어나 안으로 들어갔다. 어쩐 일로 직접 움직이나 했는데, 놀랍게도 지영이 마실 것도 챙겨서 나왔다. 치익. 탁! 역시, 김은채다. 아직 해가 한창인데도 캔 맥주를 따 마시는 김은채의 모습은 엄청 자연스러웠다. 맥주 하나를 다 마시는 데 걸린 시간은 한 3분쯤 됐을까?

더위와 알코올 기운이 올라오는지 볼에 아주 살짝 홍조가 깃든 김은채가 갑자기 씨익, 사악하게 웃었다. 순간 지영이 움찔할 정도의 미소였다. 불안감이 스멀스멀 올라오기 시작할 때, 사악한 미소와 함께 김은채가 입을 열었다.

"야, 처형(妻兄)이라 불러봐."

"……."

지영은 전혀 예상치 못했던 그 한마디에 한겨울의 얼음 동상처럼 바짝 얼어붙고 말았다.

마, 맙소사⋯⋯.

지영은 저도 모르게 입을 쩍 벌리고 말았다.

'처⋯ 형?'

목을 베는 형벌(刑罰)인 처형(處刑)을 말하는 게 아니라, 아내의 언니를 지칭하는 처형(妻兄)이었다.

소름이 쫙 돋았다.

'아⋯ 맞네.'

배다르긴 하지만 의심의 여지없이 두 사람은 자매다. 그럼 김은채는 어찌 됐든 지영에게는 처형이 된다. 절대로 틀린 호칭이 아니었다. 그래서 두 번째로 소름이 확 올라왔다.

'저걸 처형이라고 불러야 된다고⋯⋯?'

맙소사⋯⋯.

세 번째로 소름이 쫙 내달렸다.

"흐흐⋯⋯."

김은채의 사악한 웃음에 지영은 얼른 정신을 되돌렸다.

말리면 안 된다. 여기서 당황하는 모습을 계속 보이면 김은 채는 분명 저 단어를 죽을 때까지 우려먹을 게 분명했다. 시시때때로, 갑자기 불쑥, 방심하고 있는데 훅! 처형이란 단어를 들고 나오면?

'아… 미치겠다.'

생각만 해도 끔찍했다.

"꿈 깨. 죽었다 깨어나도 너 그렇게 부를 일 없으니까."

"글쎄? 한평생 그럴 수 있을까?"

"그럴 수 있어."

"아니? 흐흐, 안 될걸?"

"……"

김은채의 자신만만한 표정에 지영은 네 번째로 소름이 식어가며 한기까지 느꼈다. 어떻게 저렇게 자신할까? 분명 지영이 모르는 뭔가가 있는 게 분명했다. 하지만 지영은 더 이상 묻지 않았다.

여기서 김은채의 페이스에 끌려가면 한동안 빠져나오기 힘들 게 분명했기 때문이었다.

"됐고, 다 피웠으면 일어나. 들어가게."

"오오, 말 돌리는 거야, 지금?"

"아니라고, 쯔."

혀를 차며 자리에서 일어난 지영은 그 짧은 순간에, 처형이란 무시무시한 단어로 인해 등이 축축하게 젖어 있음을 느낄 수 있었다. 그만큼 살벌한 단어여서, 그 단어를 내뱉는 김은채에게서 얼른 멀어지고 싶었다.

집으로 걸어가는 중 주머니 속 핸드폰이 지잉, 지잉, 짧게 두 번 울렸다. 현관문을 열며 확인해 보니 임수민이었다.

바쁜 스케줄이 거의 끝나간다는 메시지였다. 내일모레 귀국하니, 그날 저녁 봤으면 좋겠다는 내용도 추가로 왔다.

알겠다고 답장을 적어 보낸 지영은 방에서 탈취제를 뿌리고 다시 거실로 나왔다. 그 짧은 시간에 김은채의 비서가 노트북을 들고 거실에 서 있었다. 김은채가 은재의 방에 있는 화장실에 갔다가 나오자 대화가 다시 시작됐다.

"일단 보고 나서 얘기하자."

"응."

김은채의 말이 떨어지기 무섭게 유선정과 김은채의 비서 은효진이 능숙하게 준비를 했다. 그걸 보던 지영은 피식 웃었다. 지영이 웃자 옆에 있던 은재가 궁금한 눈으로 입을 열었다.

"왜?"

"아니, 그냥 좀 웃겨서."

"뭐가?"

"이제 우리 나이 스물인데. 학교를 짓겠다고 이런 회의를 하는 게 이상하지 않아?"

"어… 그렇긴 하다, 흐흐."

은재가 실없이 웃자 김은채가 누구 때문에 지금 이러고 있는데? 그렇게 툭 쏘아붙였다. 하기야, 은재의 꿈을 지영이 뒷받침하겠다고 해서 지금 상황이 여기까지 흘러왔다. 김은채야

애초에 생각도 안 했던 일이었다.

지잉.

이번엔 김은채의 폰이 울었다.

힐끔 확인한 그녀는 어쩐 일인지 기분 좋은 미소를 지었다.

"고모도 허락했네. 본격적으로 상의해 봐도 되겠는데?"

"진짜?"

"응. 지원해 줄 테니까 알아서 해보라네?"

"와……."

학교를 짓는 게 무슨 컨테이너 박스 하나 덜렁 갖다놓는 것도 아닌데 참으로 쉽게 결정한다. 역시 일반인과는 다르다는 생각을 했다. 그런데 자신도 그 범주 안에 있다는 걸 생각하니 뭐라고 할 입장이 아니란 생각도 동시에 들었다.

그사이 준비가 끝나고, 은효진이 설명을 시작했다. 사실 설명이라 봐야 별거 없었다. 대지 면적, 멈추기 전 공사 진척 상황, 그리고 건물의 평수와 공장의 위치, 그 주변 시설과 학교를 지으면 교육적 환경 정도가 전부였다.

그리고 저걸 본다고 해서 전문가가 아닌 두 사람이 좋다 나쁘다를 곧바로 파악할 수 있는 것도 아니었다.

다만 이것 하나는 알 수 있을 것 같았다. 진짜 김은채가 저걸 매입하면 학교는 일 년이면 짓고도 남겠다고.

아, 하나 더 있다.

주변이 정말 조용해서 애들 교육시키기엔 진짜 딱이겠다는 것도 알겠다.

10분 정독에 걸쳐 은효진의 프레젠테이션 아닌 프레젠테이션이 끝났고, 그녀는 노트북을 김은채에게 건네주고 바로 밖으로 나갔다. 누가 보면 잡아먹는 줄 알겠다.

"어때?"

"뭐… 봐도 알 수가 있어야지, 흐흐. 만약 하게 되면 언니가 맡아줄 거야?"

"또또, 이럴 때만 언니지. 아오, 이걸 그냥 확!"

"우으……!"

김은채가 은재의 볼을 잡고 쭉쭉 잡아당겼다. 신축성이 좋은 피부도 아닌데 늘어나는 볼을 보며 지영은 나중에 한번 잡아당겨 보고 싶단 생각이 불쑥 들었다.

"한다고 해도 당장 할 수 있는 건 아니야. 이건 전문가들이 달려들어도 계획 세우는 시간만 두어 달은 걸릴 거야. 근데 어차피 너 인세도 그때쯤 들어오니까, 너무 급하게 생각하진 마."

"그냥… 확신이 필요해서 그래."

"무슨 확신?"

"네가 만약 학교를 지었고, 아이들을 모아서 공부시켜 주고, 먹여주고 재워준다 쳐. 그건 분명 좋은 일이야. 그런데 내가 나중에 그걸 유지를 못 시키면? 애들은 다시 전부 뿔뿔이 흩어져야 하잖아."

"그렇긴 하지. 몇 명으로 시작할 건지는 모르지만, 만약 네가 더 이상 지원이 불가능한 상황이 오면 그 애들은 다시 철창 밖으로 내보낼 수밖에 없어. 그래서 내가 처음에 어이없어 한 거야."

"나도 알아. 그래서 고민하는 거야. 확신을 얻길 원하는 거고."

"알기는 개뿔. 딱 봐도 잘 모르는 것 같은데. 야!"

김은채의 시선이 지영에게 넘어왔다.

지영은 여기서 은재의 편을 들어주지 않기로 했다.

"끝까지 책임지지 못할 바에는 시작도 하지 않는 게 좋아."

"히잉……."

"은채가 하고 싶은 말이 이런 거라면 나도 거기에는 찬성이야."

"내 남자 너마저……."

이런 요망한 입을 그냥!

김은채가 다시 내 남자라는 단어에 발끈해 은재의 입술을 잡고 흔들었다. 은재는 그럴 때마다 '아파, 아파…' 하고 힘없는 음성으로 대답했다. 그렇게 한참을 괴롭히던 김은채가 손을 후우, 한숨을 내쉬었다.

그러곤 전에 없이 진지한 목소리로 다시 말문을 열었다.

"알아봐 줄 수는 있어. 도와도 줄 수 있고. 하지만 이런 종류의 복지 사업은 정말 고심에, 또 고심하고 해야 돼. 솔직히 말해서 나는 학교보다는, 그냥 고아원을 운영하는 게 훨씬 낫다고 봐. 그건 교육까지는 신경 안 써도 되잖아? 저거처럼 그냥 재단을 만들어서 후원하면 되니까."

김은채가 그렇게 진지하게 말했지만, 지영은 그 말에 은재가 학교를 포기할 것 같단 생각이 들진 않았다. 은재는 그 이상의, 혼자 자립할 수 있는 정도까지 도와주길 원했다. 그러니 학교라는 거대한 덩어리가 툭 튀어나온 것이다.

"후우, 너라면 못할 것도 없긴 하겠다. 저게 벌어들이는 수입이랑, 네가 벌어들이는 수입만으로도 작은 학교 정도는 충분히 운영할 수 있을 테니까."

김은채의 말은 정답이었다.

당장 지영만 해도 어디 조그마한 건물과 땅을 구입해서 학교를 짓고, 운영할 수도 있었다. 불가능하다고? 충분히 가능하다. 사립 재단이 절차가 복잡하긴 하지만 그래도 강지영이다. 현 검찰총장을 아버지로 두고, 수십억 규모의 후원 재단을 직접 맡아서 운영해 주는 임미정을 어머니로 뒀다.

두 사람의 인맥은 가히 상상을 초월할 것이다.

게다가 전 세계가 인정하는 희망의 아이콘이 강지영이다.

그런 그가 사립 재단을 설립하겠다고 하면 정부는 총알처럼 통과시켜 줄 게 분명했다. 은재도 마찬가지다. 전 세계에서 핫한 소설가가 되었다.

게다가 강지영의 연인이고, 함께 살기까지 한다.

은재가 신청을 하면?

그녀에게는 미안해도 지영이 신청한 것과 다름없는 효과가 나타날 것이다. 그러니 작은 재단 설립쯤이야 일도 아니다.

"은재야."

"응?"

"설마 이 나라 모든 고아들을 네가 책임지고 싶은 건 아니지?"

"……."

지영은 침묵으로 대답하는 은재를 보며 한숨을 내쉬었다. 똑똑하다. 그녀도 불가능하다는 걸 알고 있을 것이다. 하지만 그만큼 고집도 있었다. 은재는 처음으로 이 부분에 고집을 부리고 있었다.

지영은 이해할 수 있었다.

아니, 이해해야만 했다.

두 사람을 빤히 보던 김은채가 자리에서 일어나 엉덩이를 툭툭 털었다. 그러곤 아까 집어 던졌던 백을 들어 어깨에 멨다.

"이건 단시간에 해결 날 문제는 아니겠네. 일단 나는 나대로 중원에다가 슬쩍 물어는 볼게. 거기에 친구가 있으니까 아마 이번 주 내로 알아봐서 연락줄 거야."

"응……"

"그 안에 결정해 놔. 그래야 전문가들 구성을 하지."

"알았어……"

은재의 시무룩한 대답에 김은채는 피식 웃곤 머리를 쓰다듬어 주고 휭! 가버렸다. 김은채가 떠나고, 지영은 고개를 푹 숙이고 있는 은재에게 조용히 물었다.

"서운해?"

"아니… 알고는 있었어. 끝까지 책임지지 못할 거면 낳, 시작도 하지 말라는 말……. 질리게 들었거든."

"……"

지영은 아차 싶었다.

은재가 하고 싶었던 말은 아마 책임지지 못할 거면 낳지도 말란 말이었을 거다. 고아들이나 제대로 된 환경에서 자라지 못한 아이들 때문에 부모의 자격 자체를 저격할 때 쓰는 말이었다.

은재가 아마 수도 없이 들었을 말일 것이다.

지영이 그렇게 말하진 않았지만, 지영의 말 때문에 그 말이 떠올라 이렇게 시무룩해진 게 분명했다.

"실의는 끝!"

그런데 은재는 갑자기 벌떡 고개를 세웠다.

"옛날 생각해 봐야 떡이 나오는 것도 아닌데 더 해서 뭐 하겠어? 안 그래? 흐흐."

"……"

피식.

역시 유은재.

이런 모습이 그녀의 가장 큰 장점이다.

어떤 상황에서도 굴하지 않고, 어떤 상황에서도 웃음을 잃지 않는 이런 모습 말이다. 은재가 손을 뻗었다. 안아달라는 뜻이었다. 요즘 부쩍 스킨십이 늘어났지만 두 사람은 별로 개의치 않았다. 애도 아니고, 정신연령이 이미 지나치게 높은 두 사람이라 사고 칠 일은 거의 없었기 때문이다.

지영은 안아주자 은재는 씩 웃었다.

"따뜻해……"

"추웠어?"

"응, 조금?"

"에어컨 온도 좀 올릴까?"

"아니, 지금은 그냥 안아줘."

"그래."

지영이 은재의 옆에 앉자 은재는 아예 지영의 무릎을 베고

누웠다. 대신 다리가 올라오지 않아 지영이 손으로 은재의 다리를 들어 소파에 올려줬다. 은재의 다리는 깡말라 있었다. 하긴, 움직이지를 못하니 근육 자체가 발달을 못 했다. 대나무처럼 가는 게 은재의 다리다. 하지만 지영은 그런 걸 신경 쓰는 성격이 아니다. 애초에 신경 썼다면 은재를 만나지도 않았을 것이다.

"오늘은 스케줄 없어?"

"응. 내일모레 수민 누나 보기로 한 거 빼면 넉넉해."

"'테러리스트' 기술 시사회는?"

"그건 다음 주쯤? 거의 끝나간단 연락은 왔으니까."

"흐흐, 그렇구나. 나도 보고 싶다."

"같이 갈래?"

"그래도 돼?"

은재가 빤히 올려다봤다.

열망을 담은 눈빛에 지영은 피식 웃었다.

"너 밖에 나가고 싶구나?"

"응, 흐흐. 휴가도 가고 싶어. 바다보다는 산으로."

"산?"

"음, 삼림욕하고 싶어. 흐흐."

"그래?"

"근데 힘들겠지?"

"……"

지영은 미안한 미소를 지었다.

휴가? 지영도 가고 싶었다.

가족끼리만 딱, 가고 싶었다.

하지만 지영을 둘러싸고 있는 상황이, 지영이 휴가를 가는 걸 쉽게 허락하지 않았다.

'그래도 일단 물어나 볼까?'

회사원들에게는 미안하지만, 가능하다면… 가고 싶긴 했다.

그렇게 생각하다 문득 송지원이 말을 꺼냈을 땐 대차게 거절해 놓고, 은재가 말하자 마음이 흔들리는 걸 보곤 참 자신이 은재를 좋아하긴 하는 것 같단 생각이 이어서 들었다. 이후는 부모님이 모임이 있어 둘만의 시간을 보내다가, 지연이에게 은재를 빼앗기는 걸로 아쉽게 시간을 끝내곤 하루를 마무리했다.

chapter62
변화의 물결

이틀 뒤, 임수민은 한국에 도착하자마자 바로 지영에게 연락을 했고, 지영도 그 연락을 받고 바로 그녀의 집으로 향했다.

오랜만에 만난 임수민은 매우 수척한 모습이었다. 피곤이 덕지덕지 붙어 있는. 근심, 수심이 달라붙어 떨어지지 않으려고 용을 쓰고 있는, 딱 그런 모습이었다.

"무슨 일 있어?"

"후우, 그냥 좀 피곤해서."

탁.

술상 세팅을 내려놓은 임수민은 소파에 늘어지게 누웠다. 화보집을 내느라 세계 각지를 돌아다니다가 이제야 귀국했으니, 저 피로도 이해가 갔다. 지영도 은정백화점 CF와 전신대 사진을 위해 하루 종일 작업하면 녹초가 되곤 했기 때문이었다.

"아, 일단 한잔 마시고 시작하자……."

벌떡 일어나 잔에 술을 따르고, 물도 아닌데 벌컥벌컥 마시는 임수민과는 달리 지영은 가볍게 한 모금만 마셨다.

"자, 그동안 있었던 일을 얘기해 줘."

그 말에 고개를 끄덕인 지영은 조현의 등장과 폭군 이건의 등장까지 자세하게 설명을 했다. 말을 하면서도 원치 않던 폭군의 등장에 받은 짜증이 그대로 얼굴에 드러났다. 임수민은 지영의 말이 끝날 때까지 한 마디도 하지 않고 조용히 듣기만 했다.

10분쯤, 지영의 설명이 끝나자 임수민이 고래를 절레절레 저었다.

"그런 경우는 처음인데……."

"당연히 나도 처음이야."

"이런 변수는 좋지 않아. 당신도 알지?"

피식.

그럼, 물론 잘 안다.

폭군은 지영을 파멸시키고 싶단 생각까지 내비쳤다. 그러니 좋아하려고 해도, 절대로 좋아할 수가 없는 상황이었다. 내부의 적을 많이 만들긴 했지만 지금처럼 이렇게 까다로운 적은 또 처음이었다.

눈에 보이지도 않으니 상대할 방법도 없었다.

그렇다고 지영은 극단적으로 나가고 싶진 않았다.

왜?

그때는 자신도 극단적 상황에 몰릴 것 같단 예감 때문이었다.

"하아……."

그래서 답답함이 머리끝까지 치고 올라왔다. 이건 정말 지영이 바라는 게 아니었던지라, 단숨에 술잔을 비우게 만들었다.

"나도 아는 바가 하나도 없으니… 이건 뭐라고 말도 못 해주겠네. 단순하게 조심하란 말밖엔 해줄 말이 없겠어."

"어차피 큰 기대는 안 하고 왔어. 다만, 당신도 알고는 있어야 할 것 같아서 온 거지."

"신경 써줘서 고마워. 후우……. 이번 삶은… 참 이상해. 어느 하나 정상적인 게 없어서 혼란스러울 지경이야. 수도 없이 많은 삶을 살았지만, 나와 같은 당신을 만난 것도 그렇고. 이상한 것투성이야."

"하긴, 나도 환생자를 만난 건 처음이지. 매순에 이어 당신까지 만날 줄은 정말 꿈에도 생각 못 했어."

"그 아가씨… 확실한 거지?"

"물론. 가정환경, 외모, 성격까지 전부 같아."

"전생의 기억은 없고?"

"있었으면 조현이 미쳐 날뛰었을걸?"

"하긴……."

말을 마친 임수민은 또 잔에 술을 가득 따랐다. 그리고 지영도 답답한 심정 때문에 병을 받아 자신의 잔에 술을 따랐다.

"제발 좀 평안한 삶을 위하여."

피식.

임수민의 건배사에 지영은 실소를 흘리곤 잔을 들어 가볍게 부딪쳤다.

너무나 와닿는 건배사였다. 지영은 그나마 임수민을 만나 다행이란 생각이 들었다.

만약 그녀를 만나지 못한 상태에서 이건, 조현의 변화를 겪게 됐다면 분명 혼자 끙끙 앓았을 게 분명했기 때문이다.

그 많은 삶에서 단 한 번도 자신의 존재에 대해 말을 한 적이 없었다. 말해봐야 누구도 믿지 않을 게 분명했기 때문이었다.

그러니 분명 혼자 모든 걸 감당해야 하는 상황이 왔을 건데, 그래도 임수민이 있으니 이렇게 고민을 털어놓을 수가 있었다.

지영은 그 점에선 정말 감사하고 있었다.

"그래서 이제 어떻게 할 거야?"

"뭘? 이건?"

"그래, 그 미친놈."

"아직 못 정했어. 일단은 못 튀어나오게 꽉 틀어막는 것밖에 할 수 있는 게 없는 상태니까."

"상황 더럽네……."

"그러게 말이다……."

환생의 순간부터 꼬였다면 꼬였다고 할 수 있을 것이다. 그러나 이번처럼 스펙터클하게 꼬인 적도 참 드물었다. 보통 인간관계에서 꼬이는 경우가 많은데, 지금은 그와는 다른 방향으로 꼬여가고 있었다.

"보통은 남이 날 죽이려고 하는 경우가 대다수인데……. 이번 삶은 전생의 내가, 현생의 나를 해(害)하려는 상황이지. 뭐, 이딴……."

속이 타는 상황이라 또 술을 반 이상 단숨에 비워 버렸다. 담배는 버릇처럼 피워도, 술은 이렇게 무식하게 마신 적이 없었지만 오늘은 예외였다. 오늘은 진짜 취하고 싶었다. 자신이

처한 상황을 이해해 주는 사람의 유무는 이렇게 큰 위안이 되었다.

"적당히 마셔. 훅 가지 말고."

"설마."

자신의 주량은 자신이 가장 잘 안다.

신체에 따라 다르긴 하지만, 이번 삶의 몸은 알코올 해독 능력이 매우 뛰어났다.

최소한 소주 다섯 병 정도를 앉은 자리서 비우지 않으면 블랙아웃될 가능성은 거의 없었다. 단숨에 다시 잔을 비운 지영은 후우, 한숨을 내쉬었다.

치익.

임수민이 그런 지영을 보며 담배를 입에 물고, 라이터로 불을 붙였다. 얼마 지나지 자동 환풍 시스템이 작동해 '우으응' 거슬리지 않을 정도의 소음을 일으켰다. 지영도 담배를 꺼내 입에 물었다.

치익.

"후……."

"후우……."

두 사람이 나란히 뱉어내는 담배 연기.

임수민은 얼마 피우지 않고 바로 담배를 껐다.

"일단은 조심하자. 나도… 한번 시도는 해볼게."

"시도?"

"창고 좀 열고, 예전의 기억이 있는 곳에도 찾아도 가보고, 뭐 그래봐야지. 그럼 나한테도 일어날지 모르잖아?"

"추천하지 않겠어. 생각보다 굉장히 짜증 나더라고. 불쾌하고."

"그 정도였어?"

"아까도 말했잖아? 전생의 내가, 현생의 나를 파멸시키려 한다고. 생각 이상으로 기분 더럽더라고."

"그래도 해봐야지 않겠어? 이 저주를 끊을 수 있는 조금의 단서라도 얻을 수만 있다면 말이지."

"흠… 그거야 그렇지만……."

"그리고 혼자보단 둘이 낫지. 나도 당장 내가 겪는 게 아니니 뭐라고 확실한 생각을 말해줄 수도 없고. 다행히 저기 광화문이나 경주, 부여 같은 데 가면 조건은 충족할 수 있으니 오래 걸리진 않을 것 같네."

임수민이 그렇게까지 말하자 지영은 더 말리지 않기로 했다.

솔직히 혼자서 이 저주를 벗어내기에는 너무나 어려웠다. 난공불락의 성처럼 우뚝 솟아 앞을 가로막고 있다고 해도 과언이 아니었다.

'그러니 지금은 힘을 합쳐야 할 때가 맞겠지.'

그러니 임수민의 선택은 아주 정답에 가까운 선택이었다.

"만약 무슨 일이 생기면 서버에다 죽기 전까지 모든 기록 남기기로 했으니까, 너무 걱정하지 말자고."

"……."

임수민의 말에 지영은 고개를 끄덕였다.

이렇게 겨우, 정말 겨우 만났다. 그래서 두 사람은 영구 보전되는 사이트를 개설했다. 그리고 패스워드는 하나씩 따로, 다른 마스터 패스워드는 두 사람이 동시에 가졌다. 만약 둘 중 한 사람이 죽게 되면?

남은 한 사람이 그곳에서 죽기 전까지 기록을 남길 것이다. 그 기록은 죽기 직전까지 반드시 남기기로 했다. 그리고 만약 한 사람이 다시 환생하면 그 사이트를 찾아 기록을 확인하고, 다시 기록을 남긴다.

그렇게 영구적으로 서로에 대한 기록을 남기면서, 동시대에 다시 태어나게 되면 그 사이트를 통해 연락을 하고 다시 만나기로 했다. 어렵게 만났으니 이 정도 보험은 필수였다.

"그럼, 오늘은 이만 일어날게."

"응. 확인해 보고 연락 줄게. 이틀 정도 걸릴 거야."

"……."

고개를 끄덕여 준 지영은 자리에서 일어나, 가볍게 손 인사만 하고 임수민의 집을 나섰다. 밖으로 나오자 김지혜가 기다리고 있었다.

차에 올라타자 폰을 만지던 그녀는 바로 시동을 걸었다. 차가 소리도 없이 부드럽게 출발했을 때였다.

"류승현 감독에게 연락이 왔었어요."

"좀 전에요?"

"네, 지영 씨 연락 안 된다고 저한테 했더라고요."

"그래요? 제가 전화해 볼게요."

지영은 바로 폰을 꺼내 그에게 전화를 걸었다.

―여보세요, 지영 씨?

"네, 감독님. 잠깐 수민 누나 만나서 얘기 중이라 전화 못 받았습니다."

―하하, 그렇군요. 잘 지내죠?

"네, 감독님은요?"

―눈코 뜰 새 없이 바빴습니다. 하지만 덕분에 편집 다 마무리했습니다. 이번 주말에 시사회 잡을 예정인데 시간 괜찮으세요?

"주말요? 잠시만요."

그렇게 답하며 백미러를 바라보자 김지혜가 고개를 바로 끄덕였다. 스케줄이 없다는 뜻이었다.

"네, 괜찮습니다. 몇 시에 어디로 갈까요?"

―장소는 아직 미정입니다. 시간은 오후 두 시쯤 하고, 저

녁 먹는 시간을 가질까 하는데 괜찮겠어요?

"네, 그날 스케줄 없으니까요. 그렇게 알고 있을게요, 그럼."

ㅡ네, 장소는 내일 바로 연락드리겠습니다.

"네. 아… 아, 맞다. 참, 은재도 같이 가도 될까요?"

ㅡ은재 씨요? 하하, 물론입니다. 오히려 저희가 청하고 싶었습니다, 하하.

좋아해 주니 참 다행이었다.

"그럼 그날 뵐게요."

ㅡ네, 쉬세요, 지영 씨.

그렇게 전화를 끊은 지영은 폰을 확인했다.

은재가 언제 들어올 거냐며, 화난 이모티콘을 몇 개나 보내 놓은 게 있어 지영의 실소를 자아냈다. '지금 가', 이렇게 답장을 해준 지영은 눈을 감았다. 확실히 술을 벌컥벌컥 마셔 그런지 술기운이 서서히 올라오고 있었다.

'조금만 쉬자……'

지친 뇌를 쉬게 해줄 때가 됐다고 생각한 지영은 잠시 눈을 붙이기로 마음을 먹는 순간, 선잠에 빠져들었다.

*　　　　　*　　　　　*

주말은 순식간에 성큼 다가왔다.

시사회는 재밌게도 대성그룹 소유 호텔에서 열렸다. 그쪽 VIP 회의실을 잡은 것은 전적으로 은채의 능력이었다. 지영에게도 차라리 이곳이 편했다. 사람 많은 곳을 이동하는 건, 지영이나 은재도 불편하지만 회사원은 아예 정신이상자가 되고도 남을 것이기 때문이었다. 그래서 김은채의 힘으로 호텔 관계자도, 그룹 관계자도 아닌데 호텔의 VIP 대회의실을 잡았고, 인원이 그리 많지는 않아 자리도 충분했다.

약속 시간이 2시인데 1시 30분쯤 도착했더니 유해준이 벌써 와서 기다리고 있었다.

"어이구, 동생 오셨나?"

"형님, 안녕하세요?"

이제는 편하게 형 동생 하기로 한지라 인사도 편했다.

나이 차이가 엄청나지만 유해준은 그런 걸 거리끼지 않았다. 아니, 오히려 형이라고 먼저 불러달라고 했었다. 선배님은 딱딱해서 싫다나? 그래서 촬영이 마무리 단계에 있었을 때부터 지영은 그에게 형님, 유해준은 지영을 동생이라고 불렀다.

기분이 나쁘진 않았다.

워낙에 선한 상이고, 사람도 선했기 때문이었다.

"어후! 유명한 소설가님도 오셨네?"

"흐흐! 삼촌, 안녕하세요?"

유해준의 넉살 좋은 인사에 은재도 특유의 웃음을 흘리며 마주 인사를 했다. 오랜만에 만나서 그런지 두 사람은 바로 자리를 잡고는 대화 삼매경에 빠져들었다. 유해준은 넉살도 좋지만, 짓궂은 구석도 있었다.

'그래서 돈은 많이 벌었어? 얼마나 들어온댜? 지영이가 달라고 안 혀? 막, 막, 통장에 넣고 공동재산 하자 그러면 확 때려 뿌려' 등등의 말로 은재를 꺄르륵 웃겼다. 그렇게 은재를 신경 써주는 유해준이 지영은 참 고마웠다.

잠시 뒤에 임수민이 들어왔다.

여전히 수척한 얼굴이었다.

하지만 지영에겐 수척한 얼굴보단 딱딱하고, 날카롭게 빛나는 눈빛이 먼저 들어왔다. 그녀는 휙휙 고개를 돌리다 지영을 발견하고 곧장 다가왔다. 지영은 걸어오며 느낀 그녀의 기세에 흠칫 놀라곤, 한 걸음 뒤로 물러났다.

씨익.

입가에 걸리는 서늘한 조소를 보는 순간 지영은 확신했다.

이 여자, 절대 임수민이 아님을.

지영의 얼굴도 그런 확신과 함께 차갑게 굳어갔다. 다가오는 그녀의 얼굴에는 요염함까지 갖춰지기 시작했다. 그제야 그녀의 복장이 눈에 들어왔다. 원래는 살이 잘 드러나지 않는 수수한 복장을 선호했다. 한여름에도 긴 소매, 긴 치마를 입는 걸 몇 번이나 봤으니 이건 확실하다.

하지만 지금 그녀의 복장은 블랙 원피스였다. 게다가 높이가 꽤 되는 힐과 붉은 보석이 박힌 목걸이에 귀걸이까지. 머리도 이마를 훤히 드러내고 당겨 묶었다. 메이크업도 마찬가지였다. 평소에는 한 듯 안 한 듯, 딱 그렇게 메이크업을 하는 임수민이 오늘은 아주 짙게 하고 왔다.

기술 시사회라서?

'농담도······.'

그럴 가능성은 아예 0.1%도 없다고 보는 지영이었다. 코앞까지 다가온 임수민이 다시 한번 씨익 웃었다. 지영은 그 미소에서 욕정(欲情)을 느낄 수 있었다.

"그대구나."

"누구냐?"

먹혔다.

아니면 건네준 건지, 아니면 다른 또 무슨 이유가 있는 건지, 임수민은 지금 저 자아에게 육체를 내줬음이 확실했다.

"그대를 보고 싶어 잠시 빌렸다. 내 삶에서는 나와 같은 존재를 볼 수 없었지 않느냐."

"······."

하······.

또 이 사극체 말투.

폭군 이건이 이랬다.

남을 깔보는 말투, 오만함과 자신감이 가득했던, 그러나 어디 하나 망가져 있는 것처럼 느껴지는… 딱 이런 말투였다. 지금 임수민도 그랬다. 어떤 자아가, 어떤 기억이 뒤집어쓰고 있는 건지 모르겠지만 결코 순탄하게 삶을 살지는 않았을 거란 예감이 들었다.

"잠시 얘기를 나누고 싶은데, 마땅한 장소로 옮겼으면 좋겠구나."

"시간이 얼마 없는데, 그냥 끝나고 얘기하지?"

"…시간이 별로 없다."

"……."

타임아웃이 있나 보다.

지영은 그나마 다행이라 생각했다. 만약 저 상태가 오래 가면? 임수민의 자아는 어쩌면 영영 못 나올 수도 있었다. 지영은 고개를 끄덕이곤, 은재에게 가서 말을 하고 바로 밖으로 나갔다. 나가는 길에 김은채가 오는 게 보였다.

"어디 가?"

"잠깐 얘기 좀 하러. 여기 조용히 얘기 나눌 데 없을까?"

"있지. 저 앞에 회의실 써. 지금 비어 있으니까."

"땡큐."

"음?"

지영이 감사 인사까지 하고 가자 놀란 김은채가 뒤를 돌아

봤지만 지영은 지금 그걸 신경 쓸 겨를이 없었다. 저 앞으로 걸어가는 임수민을 따라잡고, 회의실로 이끌었다. 지잉, 지이잉. 자동문이 닫히자마자 지영은 임수민을 노려봤다.

"시간 없으니까 짧게 해. 넌 누구야?"

"그건 중요하지 않다. 어차피 역사에서 지워진 이름……. 중요한 건, 나 또한 그리 끊고 싶었던 저주를 해체할 단서를 그대가 가지고 있단 것뿐이다."

역사에서 지워진 이름?

지영이 그 말의 의미에 대해 생각하기 전, 눈빛에 요염한 욕정 등의 감정을 모두 지우고, 반대로 나른하게 풀린 임수민이 다시 입을 열었다.

"천기(天機)를 믿느냐?"

"천기?"

"그래, 천기다. 하늘의 기운을 느낀다고 내가 말한다면 너는 믿겠느냐?"

"……."

못 믿을 게 뭐 있을까?

자신이나 임수민 같은 인간도 있는데 천기쯤이야, 못 믿을 것도 없었다. 지영이 고개를 끄덕이자 다시 그녀의 입이 열렸다.

"단단하게 내 스스로를 봉인했었다. 내가 살던 곳까지 이생의 내가 오지 않았다면 깨어나지도 않았을 것이다."

"……."

소설 같은 이야기가 시작되고 있었다.

하지만 지영은 안다. 저 얘기가 다른 이들에겐 소설일지 몰라도 자신에겐 절대로 아니라는 것을.

지영이 대답을 하지 않자 그녀는 아직은 환한 한여름의 청명한 하늘을 보며 말을 계속 이었다.

"이쯤일 것이다. 천 년… 이라고 했으니. 죄를 많이 지은… 나와 똑같은 너를 만나게 될 것이라 느꼈다."

"……."

소름이 쭉 돋았다.

죄를 많이 지은?

"아니… 잠깐만, 그 죄가 환생을 계속하며 지은 죄를 말하는 건가?"

"알 수 없다. 단순히 그렇게 느꼈을 뿐이니까."

"…계속 얘기해 봐."

"그를 만났을 때, 길이 열린다고 어렴풋이 느꼈다."

또다시 소름…….

이번엔 진짜 전신에 쫙 돋았다.

"확실해? 확실하냐고!"

"그리 느꼈을 뿐… 찾……. 아."

티잉.

눈동자가 확 풀렸다.

나른했었던 눈빛이 풀리며 평소의 임수민의 눈빛으로 되돌아왔다. 지영도 그 순간 '아…' 하고 짧은 탄식을 흘렸다. 아쉬웠다. 너무 아까웠다.

'천기? 천기를 짚는다고? 그게 가능… 아니, 믿을 수 있지. 다른 사람은 못 믿어도 나는… 믿을 수 있지.'

구도의 삶을 살았을 때가 있었고, 그때에도 느끼지 못했지만 지영은 천기(天機)에 대한 믿음이 분명히 있었다.

"이번 삶은… 확실히 이상하네……."

정신이 돌아온 임수민의 말에 지영은 신경 쓸 겨를이 없었다. 저 말을 믿으면? 별의별 게 지금 다 튀어나오지만, 만약 길이 열려서 족쇄를 끊는 방향으로만 인도해 준다면 신이든 악마든 외계인이든 모두 다 믿을 준비가 되어 있는 지영이었다.

"야, 야! 어이, 강지영!"

"아……."

임수민의 부름에 깨어난 지영은 피식 실소를 흘렸다. 언제 고민한다고 해결된 적이 있던가? 특히 저주에 대한 고민은 지금까지 아무짝에도 쓸모없어 쓰레기통에 처박힌 경우가 대부분이었다. 그리고 그건 아마 지금도 마찬가지일 거라 생각했다.

'길이 열린다는 단서를 잡았으니 고민에 또 고민하라고?'

그런 식으로 해결됐으면 이미 예전에 해결하고도 남았을 것이다.

"후……."

"괜찮아?"

"좀 어지럽긴 하네. 설마 빙의가 가능할 줄이야……."

"자의야, 타의야?"

"둘 다."

"둘 다?"

지영의 고개를 갸웃하자, 그녀가 보충 설명을 이었다.

"그녀가 강력히 원했어. 반드시 자신의 입으로 전해줘야 한다며. 이유는 그것밖에 없었기 때문에 받아들였고. 그러니 자의 반, 타의 반."

"아… 그런데 처음엔 기세가 완전 장난 아니던데?"

"무녀는 신을 섬겨. 특히 무신을 받을 때는 도화살은 기본 장착이야."

"……."

하긴, 지영도 그런 무녀, 무당, 이런 신을 섬기는 존재들은 많이 만나봤다. 그리고 그들 중 거의 대부분이 아까 임수민의 육신을 차지했던 여인과 비슷한 눈빛들이었다. 그러다 '접신' 하는 순간, 사람이 변했다.

노인으로, 아이로, 조숙한 여성이었다가, 깔깔깔! 웃으며 미친 여자처럼 변하기도 했다. 그러니 아까 그녀의 변화야 이해 못 할 것도 없었다.

"일단 이 얘기도 나중에 하자. 시사회 시작 시간 다 됐네."

"……"

임수민의 정리에 지영은 고개를 끄덕이곤 문을 나섰다. 지금은 장소도, 시기도 안 좋았다. 기술 시사회 날이라 완성된 '테러리스트'를 봐야 하고, 그 뒤에는 저녁 식사까지 예약되어 있기 때문이다.

아무리 지영이 이 일이 급해도 나중에 하자고 펑크 내는 건 성격상 못 할 짓이었다.

"하아……"

그래서 한숨이 절로 나왔고, 맥 빠진 기색으로 임수민의 뒤를 따랐다.

*   *   *

저녁까지 먹고, VIP 시사회와 기타 일정 등을 상의했고, 임수민과 늦게까지 얘기를 나누고 들어왔더니 생각보다 많이 피곤했다.

"하암, 졸리다……. 지영아, 잘 자."

"응, 너도."

늦게 온 지영을 맞아주고 다시 하품을 하며 유선정의 도움으로 은재가 방에 들어가자, 지영은 담배를 챙겨 밖으로 나갔다.

치익.

"후우⋯⋯."

지영은 오늘 하루 있었던 일을 다시 한번 생각해 봤다.

일단, 영화.

영화는 잘 만들어졌다.

어디 하나 나무랄 데 없이 정말 잘 만들어졌다.

연출, 편집 능력이 뛰어난 류승현 감독답게 포인트를 아주 잘 짚어 깔끔한 영상미를 만들어냈다. 게다가 메인 주인공인 태석과 석훈이 가진 각자의 사연 또한 개연성 있게, 공감대가 느껴지게 표현했다.

특히 거듭 테러를 일으키며 괴물이 되어가는, 그 안에서 길을 잃고 배회하는, 그러나 이미 늦었다는 것을 깨닫고 체념하는, 그러나 마지막 순간 다시금 광기에 빠져드는 테러에 정의는 없음을, 그 어떤 이유로도, 그 어떤 목적으로도, 테러 그 간악한 짓에 정당성을 부여할 수 없음을.

그걸 뼈저리게 표현했다.

석훈은 반대였다.

테러.

불특정 다수에게 벌어질 수 있는 일.

남의 일이기도 하나, 내 일이 될 수도 있는 최악의 범죄행위에 휘말린 한 집안의 가장. 그 가장이 가진 복수심, 모두가 눈살을 찌푸려도 멈추지 않고 그 목적을 끝까지 관철시키는 광기는 애처롭고, 안타깝지만, 객에겐 너 또한 테러리스트가 아닌가……? 하는 의구심을 심어줬다.

피해자가 피해자를 양산하고, 다시금 피해자를 양산하다.

돌고 도는 쳇바퀴처럼… 그렇게 모두가 아프기만 하다.

테러리스트(Terrorist).

그 어떤 목적으로도 용납되어서는 안 되는 반인류적 최악의 범죄행위.

이게 완성된 영화가 끝끝내 갖추고야만, 불길한 테마였다. 류승현 감독은 정말 영화를 잘 만들어줬다.

보는 이들이 숨을 쉴 수 있게 해주는 배려는 해주었지만, 당길 때는 또 처절하게 당겨댔다. 호흡곤란이 와도 이상하지 않을 정도로 가차 없이 당겨댔다. 그게 또 류승현 감독이 가진 연출 능력 중에 하나였다.

영화를 다 본 임수연이 소리 없는 눈물을 펑펑 쏟아냈을 정도로 완성도가 깊었다. 그렇게 만들어진 영화는 지영도, 류승현, 연 형제도, 임수민도, 임수연도, 투자 관계자 등등 모두의 만족과 박수를 이끌어냈다.

훌륭한 영화다.

단언컨대 딱 그렇게 말할 수 있었다.

VIP 시사회를 시작으로 공식 일정은 딱 한 달 뒤부터였다. 가을의 초입새에 도착하면 그때 딱 '테러리스트'는 대중에 공개된다.

하지만 딱 여기까지. '테러리스트'에 대한 감상평과 감정은 여기까지였고, 지금 더 중한 건 임수민과의 대화 내용이었다. 사실 오늘 하루 종일 그녀가 했던 몇 마디가 지영의 머릿속에서 떠나질 않고 있었다.

"천기(天機)… 그리고 길."

후우…….

담배 연기를 뿜어내며 지영은 나무로 만든 테이블을 툭툭 때렸다. 두 가지 단어를 이해 못 하는 건 아니었다. 해석하자면 간단하다. 그녀 본인이 천 년 후에나 나를 만날 것을 예상했고, 왜인지는 모르겠지만 직접 내용을 전달해야 했으며, 찾는 건 지영이 해야 한다. 간단하게 풀어보면 이게 전부였다.

하지만 그 간단한 해석이 지영에게는 도저히 간단하게 들리지 않았다.

의미가 가득 들이간, 그러나 그 의미가 안개 속에 쌓여 있는 풀어야 할 난제로 들렸다. 게다가 그녀가 그랬다.

두 사람이 만나면 길이 지영에게 보일 거라고. 분명히 그랬다. 물론 아직 그 길이 무슨 길인지, 어떤 조건이 필요한지, 어떤 방식으로 보일지 아무것도 밝혀진 게 없지만 그래도 이 정도 단서라도 잡은 게 어디인가 하는 생각이 들었다.

그리고 또 하나.

"죄(罪)라……."

왜인지는 모르겠는데, 지영은 이 단어에 지금 가장 꽂혀 있었다. 전생의 죄? 하도 많아서 셀 수가 없었다. 현대 법체계에서 다루는 거의 모든 죄는 다 저질렀다. 인간이 할 수 있는 정말 모든 것을 다 해봤다고 해도 과언이 아니었다.

그래서 벌(罰)을 받는 건가?

하지만 지영은 고개를 저었다.

"왜인지 전생은 아닌 것 같아."

왜 그런 기분이 드는지는 모르겠지만 전생은 아닌 것 같았다.

"그럼 뭐지?"

죄 많은 자라…….

너무 많은 가정이 생겨나서 도대체 몇 가지로 특정할 수가 없었다.

"환장하네, 진짜……."

다 태운 담배를 비벼 끈 지영은 다시 하나를 더 입에 물었다. 그러곤 머리를 거칠게 벅벅 긁었다. 지영은 지금 평소답지 않게 흥분해 있었다. 그걸 스스로도 알지만 지영은 그 '죄'라는 키워드에 꽂혀, 한참을 헤어 나오지 못했다. 그리고 결국 새벽을 꼬박 지새우고, 아침이 되어서야 잠에 겨우 빠져들었다.

『천 번의 환생 끝에』 9권에 계속…

초대형 24시 만화방

신간 100%, 샤워실, 흡연실, 수면실(침대석), 커플석, 세탁기 완비

▪ 광명 광명사거리역점 ▪

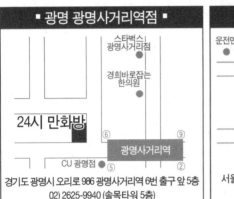

경기도 광명시 오리로 986 광명사거리역 6번 출구 앞 5층
02) 2625-9940 (솔목타워 5층)

▪ 강북 노원역점 ▪

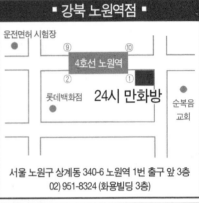

서울 노원구 상계동 340-6 노원역 1번 출구 앞 3층
02) 951-8324 (화용빌딩 3층)

▪ 일산 정발산역점 ▪

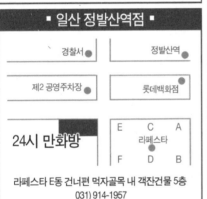

라페스타 E동 건너편 먹자골목 내 객잔건물 5층
031) 914-1957

▪ 일산 화정역점 ▪

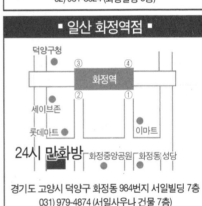

경기도 고양시 덕양구 화정동 984번지 서일빌딩 7층
031) 979-4874 (서일사우나 건물 7층)

▪ 부천 역곡역점 ▪

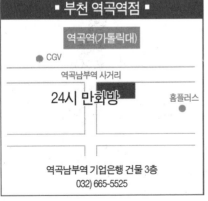

역곡남부역 기업은행 건물 3층
032) 665-5525

▪ 부평역점 ▪

(구) 진선미 예식장 뒤 한신포차 건물 10층
032) 522-2871

FUSION FANTASTIC STORY

설경구 장편소설

저니맨 김태식

한 팀에서 오래 머물지 못하고
이 팀, 저 팀을 옮겨 다니는
저니맨(Journey man)의 대명사, 김태식!
등 떠밀리듯 팀을 옮기기도 수차례.

"이게… 나라고?"

기적과 함께 그의 인생에 찾아온 두 번째 기회!

"이제부터 내가 뛸 팀은 내 의지로 선택한다!"

더 이상의 후회는 없다!
야구 역사를 바꿔놓을
그의 새로운 야구 인생이 펼쳐진다!

Book Publishing CHUNGEORAM

유행이 아닌 자유추구 -
WWW.chungeoram.com

FUSION FANTASTIC STORY

박선우 장편소설

스크린의 별

비호감을 불러일으킬 정도로 못생긴 외모를 가진 강우진.

우연히 유전자 성형 임상 실험자 모집 전단지를
발견한 그는 마지막 희망을 걸고
DNA를 조작하는 주사를 맞게 되는데…….

과거의 못생겼던 강우진은 잊어라!

**세상에서 가장 아름다운 사나이,
그가 만들어가는 영화 같은 세상이 펼쳐진다!**

Book Publishing CHUNGEORAM

유행이 아닌 자유추구 -
WWW.chungeoram.com

FUSION FANTASTIC STORY

RPM 3000

가프 장편소설

RPM(Revolution Per Minute: 분당 회전수)!
150km/h 160km/h?
이제는 구속이 아니라 회전이다!!

여기 엄청난 빅 유닛과 환신(換身)에 성공한 사내가 있다.
그 이름, 황운비!

훈련은 *Slow and Steady,*
시합은 *Fast and Strong!*

**꿈의 RPM 3000을 찍는 패스트 볼을 장착하고
메이저리그를 종횡무진 누빈다!**

Book Publishing CHUNGEORAM

유행이 아닌 자유추구 -
WWW.chungeoram.com